本書故事改編自真實事件，除許家民本人以及五位已過身的廉署臥底，書中角色一概為化名，如有雷同，實屬巧合。

我為廉署當臥底的日子

中華書局

許家民 口述

周興業 改編及撰寫

序1

張炳良教授

香港特別行政區運輸及房屋局前局長（2012-2017）
香港教育學院（今香港教育大學）前校長（2008-2012）

　　許家民先生是香港廉政公署（廉署）第一名「卧底」人員，也是為廉署早期有系統地組織和訓練一隊卧底調查員的第一人。此書，寫他在廉署三十二年的傳奇及其個人在公職上的奮鬥史。書中述説他從小便立志鋤強扶弱：

　　「媽，你放心，我絕不會做壞事。長大了我要當大丈夫，要保護你不讓別人欺負，要保護所有被欺負的人！」

　　他於 1974 年 11 月 1 日往廉署報到，誓要打大老虎！從此改變了他的一生，而他及其他首代廉署人員堅定不屈、致力反貪倡廉，也改變了香港。所以此書不只是自述，也是大時代的一個見證──香港如何從貧困及一個無貪不行的社會，逐步走向充裕、開明和廉潔，到人人説「香港勝在有 ICAC ！」

　　全書按許先生口述，由同是首代廉署人、三十年專注倡廉教育宣傳的周興業先生整理，透過其傳神妙筆，把當年經歷情節，重新展現於今天讀者眼前。對於年輕一代來説，這是難能可貴的讀物，不看不知香港取得國際反貪先鋒的美譽，得來不易，並非必然，全靠人的因素。

　　由貪轉廉，需經不斷爭持、克服大小挫折，但由廉轉貪，

則多因意志薄弱而無法堅守原則，像海堤由小裂而終崩。正因如此，尤須珍惜和堅持廉潔。希望許先生此書，有助反貪倡廉之火永燃我們心中。

　　初遇許先生於 1990 年代，我作為紀律人員薪酬及服務條件常委會成員訪問廉署，他時為廉署職員協會主席，談笑風生、親和友善，具領袖風範，看上去不會想像他乃卧底專家。四分之一世紀後，與他再聚，他已退休，並任廉署退休人員協會主席，一同商討我為協會撰書，記錄退休廉署人員的集體回憶，既誌慶廉署成立四十五周年，也冀有助香港、內地以至海外人士較深入地了解廉署的成立和奮鬥經營的歷程。書成於 2020 年 7 月，由香港中華書局出版，名為《敢教日月換新天：香港反貪先鋒的崢嶸歲月》，並有幸於 2021 年底獲得「第 14 屆香港書獎」。

　　許家民先生這本自述專著，透過其個人由基層調查員做起，主要從事卧底工作的往事回憶，栩栩如生地描述偵查行動的複雜和驚險，以及峰迴路轉之情節。所記載案件，除了因法律上需要而把部分人士的姓名稍作改動之外，都按當年案件演繹，涉及範疇很廣，包括毒品販賣與製造、賭檔天仙局、色情場所、發牌斂財、執法做假、販賣試題、大廈業主立案法團貪污等等，當中既有廉署部署偵查，也有警廉合作破案。

　　許先生在廉署的工作，不限於執法行動和卧底查案，晚期且轉到防止貪污處，利用其偵查經驗去豐富防貪實務，並往各執法部門（包括警隊）及公共機構講課，傳授反貪心得。他在書末分享，首代廉署人一直堅持信念，靠用心和熱忱迎難而上，移風易俗，不少犧牲了與家人共聚時光、陪伴子女成長、甚至個人健康，就是為了進行一場持久的「靜默的革命」，今生無悔。

　　我誠意向廣大讀者尤其是年輕世代推薦此書，把廉潔的火炬承傳下去！

序 2

郭文緯太平紳士 SBS, IDS, JP

榮休香港副廉政專員兼執行處首長
國際反貪顧問

　　我與許家民先生 Ricky 在廉署 1974 年成立不久便一起共事，他是我多年以來的親密戰友。他在執行處負責調查工作，一直不遺餘力，成績超卓，充分展示廉署人員鍥而不捨的精神和高度的使命感，是香港成功打擊貪腐的功臣。

　　調查貪污是世界公認為最艱巨的執法工作，因為貪污是秘密進行而很難獲得直接證據的罪行。其中極困難和高度危險的調查工作就是臥底行動。廉署初期因為經驗不足，所以很多做臥底工作的人員都缺乏足夠培訓和支援。Ricky 就是在這情況下做執行處的開荒牛，成功親身扮演臥底破獲很多重大案件。現在他願意出書分享他在這方面的經驗和心得，實在是難能可貴！一方面可使讀者更理解廉署調查工作的艱辛，另一方面亦可以和後輩分享他的寶貴經驗，我誠心推薦這本書。

　　值得一提的是 Ricky 在退休後長時間擔任香港廉政公署退休人員協會主席，為退休會員的福祉和增進互相支持作出貢獻。

他其中最顯著的成績就是策劃出版一本退休同事口述關於廉署的歷史，以記載廉署早期的工作和所面對的種種挑戰。最後更成功邀請到張炳良教授把這些口述歷史編寫成書。這本《敢教日月換新天：香港反貪先鋒的崢嶸歲月》獲得香港電台 2021 年香港書獎。在這方面 Ricky 居功至偉！

衷心希望他這本書亦一樣得到好評和暢銷。

序 3

朱敏健

平等機會委員會主席

廉頗卸甲仍能飯、赤兔解鞍飲淨河

　　早前有幸拜讀大俠新書初稿，所言皆舊日同袍的經歷和際遇。雖然大部分個案我都無緣參與，然亦略有所聞。如今細閱內情，遙思書中諸君當年雄姿英發，各展其才，為公署立下的種種汗馬功勞，實在百感交集，五味紛陳。正好大俠來電相邀作序，遂藉此也抒發一下心中感受。

　　我在 1978 年初入廉署便認識了大俠，他是我在執行處任職的第一個調查小組的大師兄，他的座位亦剛好在我對面。在我早年的調查員生涯中，大俠實際上是我的啟蒙師父。他處事豪邁勇進之餘卻能兼顧細節人情，更常常身體力行，悉心指導我們一班初生之犢如何應對變幻無常的調查進展，我至今仍記得我們共事的時間雖不到兩年，但已立下彪炳的戰功，如「粉嶺百達塢案」、「白米充白粉案」、「六國拘捕案」及「抵壘人

蛇案」等，經過這些試煉和實踐，使我的偵緝技巧突飛猛進。在隨後的四十多年公務生涯中我能屢遇風波挫折仍堅持信念，乃至於有兩進廉署、三出執行的奇遇，其實都是建基於早年打下的堅如磐石的工作基礎有以致之。

由於廉署一般有崗位輪換的制度，所以我在一段日子後便與大俠分道揚鑣。往後我大部分的工作都與商業貪污、詐騙舞弊、弄虛作假等非法活動有關，和大俠的工作軌跡再沒有相遇。輾轉至約三十年後，我在 2007 年出任署理防貪處長，才因緣際會再與大俠在防貪領域緊密合作，為當時廣受市民關注的「樓宇管理誠信問題」出謀獻策。稍後，大俠亦在防貪處功成身退。我還記得曾以一首詩向大俠致意，詩云：

> 俠客英風許褚心、家國情懷志惠民；
> 百折不撓堅比鋼、千帆過盡再凌雲。

非常高興此詩能得大俠喜愛，亦可聊表我對大俠提攜後進的敬意。

時光荏苒，和大俠及書中一眾舊同袍相識於崢嶸歲月之時，至今四十載有餘，雖年華老去，然友情不減。欣悉大俠退休後立下宏願，會將舊日同袍事跡傳世，以誌其功，此舉實在是功德無量。今日得見書成，內容莊諧並重，記述生動感人，必能喚起大眾對廉署人員的盡忠職守及對香港成為廉潔之都所付出的努力萌生無限敬意，固亦人生一大快事也。在此謹祝願大俠新書面世後，一紙風行，大俠素願得嘗，亦足慰平生矣！

序 4

胡永祥醫生

骨科專家

廉署勝在有你

細讀家民兄新作，想起不少童年往事。書中所敍述的案件，反映了戰後香港社會環境，生活面貌。茶餐廳、酒樓，現時也是大眾市民生活的一部分。至於歌廳、歌舞廳、魚蛋檔等，年青的一代可能也沒聽過。黃賭毒，三合會等，自然牽涉到不少黑金，也自然有強者包庇。時代的不斷進步，也自然需要如廉署般的架構，將其化解。

廉政公署的出現，反映了時代的進步。人民追求社會公平公正，減少家族財富、人脈關係在各競賽中的影響力，讓賢能之士跑出。ICAC 的成立是一劃時代的德政，記得它的出現也頗為震撼。各個見報案件，引起廣泛討論。頭炮首推葛柏案，給社會帶來清廉之風。繼而的宣傳標題如：「肅貪倡廉，香港勝在有 ICAC」、「廉政公署，密密實實」等，也深入民心。

廉署經過多年努力，在大眾市民心目中已建立起優良形象。當中的職務人員，自然也用了不少心血、吃了不少苦頭、熬過不少寒夜，才有今天的成績。有了廉署，香港給世人的感覺是社會文明進步，就連空氣也較清新，我要向這群廉署先鋒致敬！

　　與家民兄結緣，是因他雙膝之痛患。這可能因他自少多跑山。他又熱愛工作，精力充沛，連午飯也不吃，去跑花園道做運動。又或許因工作需要時常跑樓梯，穿插地下天台做埋伏。又或許多踎大排擋，做臥底！他雙膝也雙失，為廉署而奉獻。然而上天總給予善良的人祝福，今天他可重拾鋼腿，又為香江留下筆跡點滴，更多了不少朋友，冀望他心中快慰平靜。

序 S

林文傑教授

世界眼科組織主席
前美國哈佛大學與休士頓貝勒醫學院教授

我認識許家民（Ricky）多年，都不記得確實的日子了。

初識家民時，我已非常欣賞這個「後生仔」。我欣賞他無論對方社會地位有多高或者權力有多大，只要對方說話不對勁，不尊重人，他不管你是甚麼人物都會直斥其非，表示不滿。我也不算寂寂無名之輩，有時對他說話稍微過火，他亦會反唇相向。我知道這是他的性格，不與他計較。不過他為人誠信又正義，在廉署部門工作，正是如魚得水，相得益彰。我非常看好他必能發揮所長。

這次家民請我給新書《我為廉署當臥底的日子》寫序。這書是關於廉署破天荒行動策略。我直覺認為他這樣做是間接來問我對他做臥底的意見。為甚麼這樣說呢？依稀記得幾年前，我介紹家民去看《不可侵犯》（Untouchable），這本書講述美國聯邦調查局（FBI）要掃蕩芝加哥的非法販酒集團，有五個人為了搗破這個集團而做臥底的故事。我覺得這本書很好看，值

得家民借鏡，認為廉署這個部門應該好好去看這本書，它是家民的啟蒙老師，叫他去做臥底查案。

我的年紀不小了，對着電子螢幕難免費神。不過我只花了兩天便讀完家民這本書的原裝電子版——因為只要讀畢第一章便停不下來。家民寫這本書像英國作家 Fiache，特點是看完一集便不得不追看下一集，因為伏線早已埋下。

我覺得家民這本新書很值得大家一讀，從中感受一班熱血廉署精英冒着生命危險，不眠不休去做臥底工作，最後成功破案。當我看到完結時，得悉這十位臥底，並不多能像家民般安然無恙返回廉署工作。其中有五位同事不幸相繼離世，令人唏噓不已。有人不禁要問：他們的離世，是否因為家民組織臥底行動而導致呢？我是眼科醫生，不是心理醫生，所以不能輕下判斷，只可以由讀者去解讀。

此外，這本書有個特點：書中內容沒有詆毀任何一個政府部門，尤其是警察；書中不少章節雖有提及警方，也只是強調警方提供的幫助與支援。如果臥底行動沒有其他部門參與的話，就不會如此成功。我相當認同家民這個觀點，單一部門，就是單打獨鬥（single handling），只會令成功率降低和事倍功半。

許家民年過七十，新書付梓，我覺得是一件十分可喜的事。祝願這本新書發行成功，洛陽紙貴，賣個滿堂紅！

序 6

馬志堅

前教育司署助理署長
第十四屆世界十大傑出華人
堪輿學家
世界功夫武術十段

人不可貌相,海水不可斗量!用這句説話形容我的入室弟子許家民最好不過。

家民在廉政公署辦事一晃三十餘載,最近他告訴我,他的第二本書將於今年香港書展發行,並會在稍後舉辦新書發佈會。他請我為新書寫個序,我欣然接受。

寫序要先看書。本書內容精彩不在話下,更看到家民的內心世界。我活了一個甲子有多,工作亦非常繁忙,要用電腦或手機去看文章都挺費精神。不過,因為本書內容太精彩,我僅用了三天就看完了。這本書引人入勝之處是能剖析人性的一面,書中人物呼之欲出,太極兩儀、白雲蒼狗、黑白之勢、忠奸分明。正義的一群是廉署精英分子,他們如何冒着生命危險去完成任務;邪惡的一方是看似正直不阿之輩,實則奸險之徒,他們平時道貌岸然,要找出他們的確鑿犯罪證據,才能繩之於法,實非易事。

如果要我引薦哪一章節好看呢？我可以説十章情節，章章精彩，所以我大力推薦這本書。

講完這本書，來講講我的這個入室弟子——家民是霍元甲迷蹤拳第七代弟子。我認識家民是因為他前來習武，他不是一位練武之才，所以學了很久，除了基本功夫和體能上稍有功架之外，並非「好打得」之人。故此，每當我猜到他出任務，便會用易經起卦。如果是好卦，便安心不告訴他；如果卦象有異，我便會提醒家民事事小心。

不過家民天生勇敢，視死如歸，有拼搏精神，又具正義感。為了正義，他甚至連性命都顧不上。但他的內心世界卻相當感性，容易受觸動，甚至淚灑當場。英雄都會有流淚的一刻。

我知道他少年時很想當警察，中學畢業後，這念頭就更加強烈。但很可惜，因為家民有深度近視，加上身高不足，所以連考警察面試的機會都沒有。

皇天不負有心人，香港為了建立廉潔社會，防止貪污舞弊，成立廉政公署，這樣就給家民一個機會在執法部門工作。他加入廉政公署時從基層做起，憑着努力不懈的精神、發憤圖強，在短短十年間，由助理調查主任升至首席調查主任，等同高級警司職級，算是升職很快。這是因為他肯拼搏、勤力、動腦筋，做得好當然有回報。

有些人認為在廉政公署工作是與警察為敵，事實不是這樣的。家民告訴我，他認識的正直警察胸襟廣闊。為甚麼他有這個説法呢？原來有次他去英國高級警察學堂受訓時，同班有兩位警司是香港警察部的精英，後來升遷飛快。家民告訴我，初到學堂時他很擔心，因為香港學員大多來自警察部門，連當地的教官都是香港警察，覺得自己「人丁單薄」。但相處下來，他發現這三位警司級的人物不會因為他來自廉政公署而有所顧

忌，反而對他照顧有加，當他是自己人，時常一起外出活動，令到家民對香港警察心存尊敬與信心。

　　香港繁榮安定靠法治，廉政公署是法治基石之一，保護香港，令人尊敬！

序一

方耀

香港特區註冊中醫師
香港中華中醫學院創院院長

　　我和家民的相識是很有緣分的。雖然職業有別——我行醫，他行伍；我向疾病挑戰，他與罪惡對抗；我尊戰國醫師扁鵲説仁心，他拜三國儒將關公講義氣。剛好我是九代單傳，他亦上無兄長，正是志同道合，桃園結義正式結拜為兄弟。講起家民這個結拜弟弟，是有緣而聚，不用在此太多着墨。

　　有一天，他叫我這個哥哥幫他寫篇序，我二話不説，照辦無誤。本書是講廉署卧底心態和犯罪者的陰暗面，正邪兩立，絕無妥協之處。雖然家民給我一個電子版稿件，我亦能一口氣看完，因為內容令人拍案叫絕。

　　我是幫理不幫親之人，不會因為家民是我的結拜兄弟，就大力推薦。這本書獨特之處，一不講政治，二沒有指名道姓。這本書只講廉政精英和中堅分子為了正義和打擊貪污而願意做卧底的探員。他們犧牲自我、排除萬難、完成任務、成功破案，這樣盡忠職守的公職人員是良好楷模，值得我們尊敬，更值得

所有公職人員學習，令社會更加和諧。

後來家民跟我說，為了破案，這些臥底探員太過投入，家民當時也不懂如何幫同事抽離，所以同事都不太開心。對此，家民耿耿於懷，覺得自己應有責任。後來五位臥底同事相繼離世，家民當時十分內疚，認為可能是因為自己令他們成為臥底所引致。所以家民告訴我，他希望有機會將臥底同事的英勇行為寫出來，讓更多人知道這些無名英雄為消滅貪污作出的努力。

我覺得家民這樣做非常有意義，這亦是我大力推薦這本書的原因。我希望各位讀者能看到這些正義之師如何冒着生命危險去完成打擊貪污的任務。

話說回來，我作為中醫師亦有研習中醫心理學思想，這是華夏文化瑰寶，蘊藏着豐富的心理學思想——「形神一體觀」。如果我早些知道他們有創傷後遺症，我必定用「形神一體觀」專心聆聽，給予他們安神定驚靈丹妙藥，醫好他們的病。不要以為只有西方醫術才能治好心理病。家民賢弟，切記為荷！

序

陳鴻烈

香港高級公務員協會前會長
風火時報社長
英國皇家文藝學會院士
香港市務學會創會會員／會士
香港作曲家及作詞家協會（CASH）會員

　　許家民（Ricky）是我的好朋友，又是 band 友。有一天，我們夾完 band 後，他親切邀請我為他的新書《我為廉署當臥底的日子》寫個序，我心中又驚又喜。驚：雖然我寫了幾本小說，亦經常在網報寫社評、時事評論、連載小說等，説到為朋友作品寫序還是首次。喜：原來還有朋友惦記我，深感友情溫暖。

　　從《我為廉署當臥底的日子》一書可以看到廉署辦案非常盡心盡力。不過賊公計狀元才，要打破犯罪集團組織，要有破釜沉舟的勇氣。俗語有云「不入虎穴焉得虎子」，許家民作為廉署幹探，向高層游説用臥底混入犯罪集團搜證，他更身體力行要當廉署第一名臥底。我稱家民為「臥底 001」，好像詹士邦 007，不過性質不同。

　　臥底 001 要從幹探扮「道友」非三朝兩日之事。不過家民決定要做的事，十頭牛都拉不回。他把道友角色演活了，最終打入販毒集團獲得所謂大佬信任。他有一位拍檔，我稱之「臥

底 002」，給家民打掩護。可惜臥底 002 其後不幸患上創傷後遺症，受不了壓力自尋短見。這樣的真人真事扣人心弦。臥底 002 由始至終沒有向外透露他的真正身份，他是無名英雄，真的漢子，我們要為他的奉獻感到驕傲、為他祈禱並送上最崇高的致敬！

《我為廉署當臥底的日子》一書難得之處是由真實改編但又不刻板，內裏描述黑社會、犯罪集團的用語、行事方式，都令人大開眼界、耳目一新，每個情節緊緊扣著讀者的心弦，令你看得提心吊膽、步步驚心，不是一般電影或電視劇集可以表達出來的，令人不其然書不離手，要把它一口氣讀完方休。

從書中看到作為臥底恐怖之處，設身處地想，臥底是「玩命」。因為稍一不慎露出破綻，就必死無疑。黑社會最恨「二五仔」（叛徒），家民這個「皇家臥底」，如果不是一身是膽又有正義感，區區一份公務員薪津怎能驅動他自告奮勇去搏命。

廉署能夠從上百名幹探挑選人手加以重點培訓，委以重任，是懂得用人，亦證明廉署是有過人之處的執法機構，所以有今日的輝煌成績。如果有一天，你在街上看見道友向你勾搭「要唔要 K 仔」，你會否覺得他是臥底呢？答案是「你堅決說不」，這就已經幫了執法機構一個大忙。管他是不是臥底，與你何干！

自序

　　我是許家民，1948 年 8 月生於香港一個很普通的家庭。中學畢業後入職香港政府，廉政公署成立時便往投考，是第一代的「廉政先鋒」。在廉署服務了卅二年，其中用了十一年的時間從助理調查主任（薪級等同警員）晉升至首席調查主任（最高薪點等同總警司），是華籍同事中從最低點晉升至首席的第一人。

　　在那個反貪污的啟蒙年代，我們的艱辛非筆墨可以形容。早期的調查對象大多數為精通法律、小心謹慎的執法者，他們有槍械，也懂反跟蹤術。由於公眾對廉署人員的操守要求極高，我們執法時需要嚴格遵守很多規則，絕對不可刑訊逼供。

　　調查某些集團式貪污案件時，尤其困難重重。當年某些案子用一般調查方法並無進展，經過本人的多次游說，廉署高層決定嘗試用臥底人員接觸犯罪集團，蒐集證據，而本人亦就此成為廉署派出的第一名臥底。嘗試的結果是令人鼓舞的，也堅定了用這方法破案的信心。

　　我很高興獲得另一位在廉署服務了三十年的同事周興業先生的協助，他整理了我的錄音，把早期廉署如何藉着臥底調查員的努力而破獲的幾宗代表性大案用文字整理出來，將所有的

細節，重現在讀者面前。廉署與內地檢察院聯合編製兩地法律指南時，他曾經詳細檢視逾千宗廉署案件的內容，以找出最有感染力的環節作為教材，所以在撰寫案情方面經驗豐富！

我這位同事覺得這本書並非文學作品，所以全書都以淺白的文字來表達，避免詰屈聱牙、文句艱澀。但有道是「愛好由來下筆難，一詩千改始安心！」他不斷增刪修改多次，尤其重視遣辭用字。我詢問他為何終於願意替我撰文，他表示這些案子的調查工作，波瀾不驚地，襯托起了我們共同的驕傲！

坊間有不少書籍講述廉署的工作，電視劇及電影也有很多相關的題材和描述，當中少不免增加一些虛構的刺激橋段。但這本書裏所記載者，皆按原有的案件情節改編，不會刻意加插刺激元素。但是，讀者仍然可以透過複雜和峰迴路轉的調查過程，一睹當年我們的工作細節，以及從曲折的故事中找到趣味性。此書的讀者之中，估計會有公務員，包括執法者。正所謂外行看熱鬧、內行看門道。所以在描述案情時，一直非常小心謹慎，避免誇張失實，恐怕貽笑大方。

香港最早的反貪隊伍就是警隊當年的反貪組，是它把總警司葛柏捅出來，才最終導致廉政公署的成立。在這四十多年裏，警隊已經蛻變成一支世界知名的廉潔而高效的隊伍。各個政府部門亦與廉署緊密合作。此書中差不多每個案件，都可以看到與不同部門合作的影子。

本書記載了我大半生七十多年裏的一些重要時刻。我們這代人筆路藍縷、艱苦奮鬥，數十載風雨兼程、跌跌撞撞，卻破了不少大案奇案；對自己、對於廉署，都算有所交代。藉此書，既可與同輩們見證一個大時代的流金歲月，也希望寄語年青人，香港今天的廉潔社會得來不易。

我在廉署工作的成功，背後是很多同袍的共同努力。他們

真的做到了「迎難而上」和「鍥而不捨」。還有一位我要感謝的，是幾十年來有一半時間生活在迷惘和擔憂之中的太太。她知道我的工作很重視隱蔽性與保密原則，我經常不回家，有時數天、有時更長。為了配合工作需要，我的錢包裏更出現過不少與不同女士的親密照片。作為妻子，應該如何面對？我對她是有所虧欠的。這也是臥底執法人員最為困擾和無法解決的憾事。

我謹將此書獻給廉署臥底團隊成員和我至愛的太太。

許 Sir 的 卧底團

小黃

黃榮成，當卧底時他是剛進廉署的 Grade 3，聰明好學，外表沒有特徵，別人不容易記得他的模樣，所以當卧底較安全。

老鬼

陳正義，人如其名，為人仗義。他其實很年青，才三十歲剛出頭，但面相有點特別，看起來有四十多，而且二十歲開始半頭斑白，所以被喊作老鬼。外型條件特別適合扮成「道友」，因而被選中成為卧底。

Stephen

孤兒，由姑母帶大。在「市政署發牌案」中，假裝成許家民的商業合作伙伴，兩人要開一家粥麵店。後來又在「食環署小販案」中扮成小販，探查案情。

炮艇

鄧成斌，初入廉署時被同事謔稱「舢舨仔」（Grade 3 的粵語諧音），加入卧底團隊後勇冠同儕，自嘲已由舢舨變成「炮艇」。在「油麻地色情場所案」中假裝成曾任調酒師的黑社會頭目，成功取得目標人物的信任。

亞牛

天生的演員，演甚麼像甚麼。有時候會 try to be smart（演小聰明），需要時常警惕。初入組時的衝勁有如狂牛，不愛受訓，做案子卻很投入，曾為演得更像一位老闆而自費打造了一條金項鍊。

綽號

霍爺

資深臥底，演技精湛，在「老千局」及「觀塘裕民坊毒品案」中均有出場。

亞松

與許家民十分投緣的一名資深臥底，稱呼許家民為Ricky Sir。人如其名，如松樹般穩健。心思細密，臨場應變能力很強。賭技高超，在「老千局」及「油麻地色情場所案」中曾大顯身手。

Marco

混血兒，天生就是當老大的面相，大眼睛高鼻子，很帥。在澳門出生，十歲來港，能講一口地道廣東話。在「油麻地色情場所案」中偽裝為來自澳門的富家公子，誤令目標人物的妹妹陷入情網。

driver 莫

莫時富，擅長武術技擊，故又被稱為「師傅莫」。也是牌九高手。在「老千局」及「油麻地色情場所案」中當臥底。後來在許家民赴沙展之約時貼身保護，兩人臨危不亂，化險為夷。

Ricky 仔

當臥底時才二十多歲，身材高挑，長得帥，是一名小白臉。在「油麻地色情場所案」中有所表現，後覺得臥底工作不適合自己而辭職。

目　錄

第一章

初生之犢

許家民，一九四八年八月生於香港一個很普通的家庭。童年時住在木屋區，再搬遷至徙置區，中學畢業後入職香港政府。廉政公署成立時便往投考，是第一代的「廉政先鋒」。

1.1 堅毅不屈

1954 年 7 月 22 日，大坑東木屋區——

「燒起來啦，燒起來啦，快跑啊！」

我快步跑回家，看到爸爸睡在這小木屋唯一的床上，媽媽在床邊的火爐上擺弄着她的那鍋薑醋。我一把拉着媽媽往外跑。

「到山上、只有跑到山上才沒危險。」

其實我哪裏懂？我只是重複沿途跑回來時居民的話而已。媽媽抱起剛滿月的弟弟，我們舉家往山上跑，但沒幾步，媽媽便想跑回家，要回去拿她新做的那鍋薑醋。我死命不放手，她最後有點無奈地回望了幾次。下面真的是一片火海，燒的速度也快，她還是和大伙兒一起往山上去。

鄰家看到我們是由一名小孩帶着跑的，有點不明白，但也跟隨着往上跑。

我很奇怪地看看一直在身旁的爸爸。他個子不高，稍為瘦弱，平常也不甚見他搬過甚麼重的東西，但現在竟然把整台比我還高的衣車擱在肩上。他看看我，立即停下腳步，發覺自己拿了作為專業裁縫最重視的東西。突然，他感覺到那東西很沉重，從他肩膀滑下來，差點沒碰到腳上。這麼一停，他再也搬不動這台東西了。

晚上，經過一番排隊、詢問、登記，我們一家被安排住進一所學校的禮堂，也分派到一塊大膠布。爸爸找到一個角落，把膠布墊在地上，一家人就這麼圍坐在上面。政府人員開始派飯派水，還有一點乾糧。媽媽很不忍的抱着我，因為我只穿着一條短褲，出去玩的時候光着身子，現在禮堂有風扇，她怕我冷。

困難的日子總比快樂的日子過得慢。但一家人終於也從禮堂搬到鐵皮搭蓋的臨時房屋，九個月後再搬到香港第一個徙置區。

我和同齡的孩子一樣，都是自製玩具的高手。當時在同一層的住戶有十幾名小孩，以我最年長，不過也才七歲，我很快便成為了他們的小領袖。我們一起到山邊捉「金絲貓」（一種像蜘蛛的小昆蟲）、在走廊上踢球，還做了很多不同類型的射擊玩具。到山邊玩被鄰居的家長們稱為野孩子；我帶他們踢球，多次碰壞各家放在門邊家具上的碗碟杯子；射擊遊戲有危險性，曾有鄰居的孩子臉上掛了彩，大家回家都各自被父母打罵！慢慢的，孩子們都被禁止再與我一起玩耍。我知道他們都在背後說我。

「回來！誰都可以，就是不能跟他一塊兒玩。」

鄰家的阿姨把孩子拉回去，一手把我送給他兒子的紙板小屋丟在地上，還踏上一腳。我撿起來一陣心酸，我花了兩星期做的啊。

隨後幾年，我都是一個人獨自玩的，一直到弟弟長大，懂得與我遊戲。媽媽見我悶，偶爾帶我回到未住進木屋區之前的舊居探望姑姑，也好幫她準備每天售賣給街坊的小食賺些零錢。我也因此與那兒的小姐姐們混得很熟，她們常帶我去普慶戲院看大戲。若干年後我長大了才知道她們是一群性工作者，還有一些黑社會分子和一些執法者雙重保護着，那些年，香港社會就是這樣。怪不得我背後有更多的閒言閒語，而我每次看完大戲回來，便要看媽媽的臉色！

「你家要甚麼粥⋯⋯啊，好的！」一名鄰居在嚷着。

「媽媽，為甚麼他們總不問我們家？以前不都是一起買宵夜的嗎？」

「不都是你嗎？還問！」

媽媽終於哭了。我們家真的很窮，爸爸一直找不到工作，只做着一些臨時工，媽媽拿些刺繡、塑膠手工藝等回家做，幫補家計。我們就是這樣，一天飽、一天餓，日子就過着了。其他人可以互相幫助，借油、借米，可沒有人借給我們，就是看我們不順眼。這幾年我家一直受着鄰居的氣，媽媽更是無緣無故也會被人罵的。

「媽媽希望你好好讀書，長大了要爭氣，要學好。」

「媽，你放心，我絕不會做壞事。長大了我要當大丈夫，要保護你不讓別人欺負，要保護所有被欺負的人！」

我沒有自卑，反而激發起我內心「鋤強扶弱」的使命感和堅毅不屈的精神。

1.2 進入社會

1967 年，夏天。

那是一個颱風的日子。颱風信號剛取消，我便買了報紙查看公開試的結果。憑良心說，我有盡力，但我不是讀書的料子。小學渾渾噩噩、中學平平庸庸的，終於在一所私立中學畢業，但竟然可以在公開試全科及格。

「全科！全及格。」我跌坐在床上。可能我表情怪異吧，把媽媽給嚇住了。一會兒，她甚麼也沒說，倒了一杯熱茶示意我喝一口。

那個時候中學畢業找工作不難，我很快便在電力公司安頓下來。既然有了一紙證書，為了有更安穩的生活，幾個月後我又去了投考公務員。一年多之後的一天上午，我走進「寮仔部」

（徙置事務處，以前房屋署的名稱）面試當 Student Resettlement Officer 見習區長（見習徙置主任）。

「你中學畢業才一年多，已經當過電力公司抄錶員和法庭三級文員，為甚麼現在又來考這份工作？你一直在轉工啊！」

「前兩份工作沒甚麼前途，我想找一份較理想的工作。我是得益於 貴部門的徙置政策而從木屋、鐵皮屋走進公屋，心存感激。有這機會，我想投身於這份工作。」

※

第一天往老虎岩辦事處（現稱樂富）報到後，上司帶着整隊人去吃早餐。我心想：「噫！歡迎我啊！」早餐怎麼都不用付錢的？

早餐後大伙兒在屋邨中轉了一圈。穿着白制服、白襪、黑皮鞋的公務員，巡視公屋，好威風啊！居民見到我們都很恭敬。回到辦公室後上司安排了一名資深的同事和我做 briefing（簡介）。

「我們每天 10 時前要閱覽和處理好所有檔案，然後會見居民。如果沒有約會住戶的，便要出外巡邏。我們每人負責兩座共 1,500 戶，單位不多，所以上級也告誡我們，不要太擾民，沒事不要去住戶的家，免得讓他們反感，所以我們出外巡邏一段時間，便會溜到某些指定地點……」

「在哪兒？」

「每座不同，你的兩座，我會告訴你，別急………那些一般是相熟的、而且那個時段家裏只有一名男性的住戶，作為我們的『蛇竇』（休息和閒聊的地方）。」

他很詳盡地告訴我，也算相當坦誠。

中午前我們回到辦公室坐坐，再出去午飯，吃得很豐富，不知道大家是否都免費，反正我問同事時，他只一笑，搖搖頭示意我不要問。

午飯後我們也會再巡邏屋邨，到指定地點「簽到」，有需要時家訪特定住戶等，然後到一些稱為 bay-room 騎樓房（迴廊房間）的地方停留。每層有兩個這樣的房間，面積大概有 240 平方呎，算是很大了。我們就在那兒搓麻將，名義上是探訪居民，「打」成一片，也好增進與民眾的感情。事實也證明我們的「這種安排」挺奏效的，我們與住戶之間互相尊重、所有住戶問題皆在最短時間內處理好。下午 5 時前回到辦公室。半小時後下班，但大家都沒有離開的意圖。

「你先走吧！」其中一位同事示意我可先下班。

「那你們呢？」

「你是第一天上班，家裏不知道，所以讓你先回去。這兒呀，大部分住戶還沒有下班回家，不知回來後會有啥事情，所以我們都會稍後才離去。居民回來後的一小時是最多人跑進來的。」

在我堅持之下，他們也讓我繼續留下來。各人就在辦事處的「收租房」內賭「牌九」，一直到晚上 8 時後回家。

第二天、第三天，都一樣。往後的每一天都一樣。除卻有特別任務，如驅趕長期欠租者、處理投訴等之外，每天都一樣。平常每過幾天就有一個紅封包出現在我的抽屜裏，在內放着鈔票三十塊錢。如有特別任務，內存鈔票會增加至五十塊。

我只是一名 Student Resettlement Officer（見習徙置主任），如果過了 probation（試用期），薪酬會從五百多元增加至八百多元。在那個年代，是很可觀的增幅了。所以各同事都很希望我能過關，甚麼事情都會幫助我、教導我。我們之間好像兄弟

一樣，舊人對新人照顧周到，brotherhood（兄弟情）十分明顯！有時候 AHM（Assistant Housing Manager，助理房屋事務經理）無理取鬧，無論目標是哪一位，其他的同事都會在適當時間找話題介入，那名 AHM 有時也氣在心頭，卻又無可奈何。

「他也拿你們沒辦法！」

AHM 離開後我在旁輕聲地說。

「怕甚麼？大家只是說公道話而已。這不是私人機構，他不能隨意把人辭退的。既然不會被撤，那還怕甚麼？凡事講道理嘛。不過，他人還挺不錯，也是很有辦事能力的，我們都服氣，只是他有時候有些情緒問題，哈哈！」

有一天我所管理的那兩座公屋之中一名女住戶來找我。

「阿 Sir，我的媳婦快生第二胎了，大孫兒都三歲多了，我在兒子結婚時已經來申請一個較大的單位，以前入住時是三個人而現在是六個人啊，都幾年啦，究竟何時才可以分配到一個較大的地方？」

「妳們的申請已經在處理當中，但妳們要求原區搬遷，那要等待本邨或本區其他屋邨有大單位空出來才可以安排到，等候時間會較長。我們已經一直留意着，一旦有單位便是輪到妳們了。」

這位住戶臉上立即堆起一抹笑容，她瞇起眼睛，站起來挨近我，然後拿了一個紅封包給我。

「謝謝了，少少意思！」

我一看便知道是甚麼意思，馬上退回給她。

「這是我的職責，不需要這些！」

她的臉色立即一沉，很頹喪的樣子。

「你是不肯幫我的，我知道了……」

「我一定盡力，但不等於要收了紅包才會做，現在不需要這些的。」

她很落寞的走了，估計她以為我是拒絕了她的要求。

一個多月後我看到公文，她們的大單位安排好了，在新蓋的鄰邨，距離不遠。我當天巡邏時往她的單位走了一趟，告訴她申請獲得安排了。她執着我的手不放，非常高興。她再拿給我一個紅封包，說在這兒沒有其他人會看到，我再次拒絕了，她熱淚盈眶地連聲道謝。

我步出她的單位時，不知怎的有一種莫名的自豪與滿足感。

「為民父母官嘛！」我不理會其他人怎麼做，但這，就是我的風格。

1.3 情路跌宕

我在那裏待了一段時間，轉調往觀塘翠屏道邨當區長（負責三座七層樓的事宜）。那兒是一個徙置區，共有 44 座，九成是潮州人，我也因此學會了一點潮語。經理安排了一位同事負責向我做 briefing。他說我們要常常執行 surprise check（突擊檢查）。

「我們會在凌晨 12 點前後往訪一些有嫌疑的住戶，核對戶籍名單上各人是否真的住在那兒，以免居民使詐霸佔公屋資源。但凌晨時間一個人行動有些不便和危險，所以無論該晚誰當夜班要出突擊，其他沒有拿 OT（超時工作補薪）的同事也一起出動，以策安全。」

事後各同事還會一同宵夜，真的很高興，士氣也還挺不錯的！看來大家都沒有私心，也不會有啥 office politics（職場政

治）。

這位上司對我很好，其後更介紹了姪女給我認識。他跟我說：「這女孩來自十分傳統的家庭，她是我的親姪女。我看你這大半年裏勤儉好學，也沒有甚麼不良嗜好，所以介紹你倆認識。至於日後是否能夠發展，則看你自己的造化了。」

相親的一切全由這位上司安排。我只需要準時出現在尖沙咀加連威老道一所著名的西餐廳。那天上司告訴我下班不需要OT，可以馬上離開。我換了唯一的一套西服赴約。

我在那餐廳等候了一個多小時，她才和雙親一同蒞臨（男生候女生愈久愈能表示尊重，這是那個時代的潛規則）。當我們剛打完招呼，我突然發覺有一名同事坐在不遠處的另一桌。我不理他，繼續應對人家父母的提問。在這時段內，同一個office的大部分同事都出現了。他們一個個不斷的進進出出，面上掛着笑容，還暗地裏向我揮手打招呼。

原來不知是哪一位同事聽到了我和上司的對話，所以千方百計找出地點和時間，然後跑到這兒來瞧瞧，說是「替我看看」！

這幫「兄弟」就是這般模樣。

※

我們開始約會，一起看電影、吃晚飯，但進展很慢。她很少談及家裏的事情，也不說有關自己的喜好。幾個月後，我們聊得不錯了，我已經可以逗得她開懷大笑，也被允許到她家裏用膳。

那天我送她回家的路上，她突然很嚴肅的跟我說：「我有男朋友的了。他在水務局當水務員領班。我父親不喜歡他，所

以讓我叔叔介紹我倆認識並逼迫我跟你交往。一切都是我父親的安排，你別太認真。」

據我所知，該名男子駕名車，出手豪爽。她只是略嫌對方較她大十歲，其他方面還是滿意的，但對我則嫌我太土。她父親想她嫁給另一名專業人士，所以才佈置我來擾亂視線。

我心裏一沉。回家的那個晚上壓根兒沒睡。除了男女感情受困之外，還有自尊心受損。我堂堂有為青年，有正當職業，是人人羨慕的公務員，自中學開始加入學校樂隊，彈得一手好吉他（雖然因為家貧所以吉他從來都不是我的），怎麼說我土？更氣憤的是，我最信任的上司，我稱他為「師傅」的，他明知是怎麼一回事，但竟然要了我。

我真的就這樣敗下來嗎？為甚麼當一名水務員領班竟然可以駕名車？我有太多的不服氣，決定要再參戰！我是認定目標便全力以赴的人。我不屈不撓的精神取得了回報，慢慢地我開始獲得她和她家人的認同。

1.4 經歷慘況

1972 年 6 月 18 日，星期日。

這天是父親節，我約了女友一起和她雙親在油麻地一所酒樓喝茶。但當天雨勢太大了，有些狼狽不堪。那是一家很有規模的酒樓，所以有電視，在那年代算是高級的地方。

我突然從新聞廣播中聞悉翠屏道邨對上的山坡有滑坡情況，而畫面所見，整個翠屏道邨已經變成一片澤國。

雖然星期日是假期，但每一個徙置事務處的 office 都會安排一名區長值班的。我立即打電話回 office 詢問值班的是誰。

「救命啊 Ricky，很多住戶家裏都進水啦，店舖的情況更惡劣，我們的電話響個不停呀！」

我向女友交代了情況，她也明白我必須回去的原因。我幾經辛苦才搭乘到一輛的士直往觀塘而去。

那天一直下着大雨。其實這雨已經連續下了多天。

「阿盧（他是我的一名同事），你估計這雨還要下多久呢？」

「看來還要下，沒完沒了。」

「幾天之前山上臨時安置區的居民已經發現屋前堆滿了豪雨沖刷下來的泥土，因感不便而報警求助。」

「但山泥下瀉情況愈趨惡化啊！」

「你看，我們的辦事處已圍了木板，雨水還是沖進來了。」

「有一呎多深啊！」

「是啊，雨太大了，所以我不出去吃飯了，午餐都是託同事出去購買的。」當值的那位區長說。

到了 1 時 10 分，他才剛開始吃了一口那碗牛腩麵，突然聽到一陣「轟……隆隆……」，聲音很大，天搖地動，很不尋常。我快步跑出去，心裏有一種不祥的預感，而迎面而來的是十幾名慌慌張張的居民，一直往我的身後狂奔。我眼前的景象，足以讓我畢生難忘！

本來對面不遠處是一個山坡，山坡上是臨時安置區的房屋，原本是頗整齊、一排一排的，現在都橫七豎八、夾雜着泥巴、樹枝、家具雜物，從天而降地直接沖到我的腳前。聳立在這兒是幾層樓高的泥漿和倒塌了的房屋堆積而成的大山。泥濘之中還有一輛旅遊巴，但只可以看到車頭一小部分，露出了花球和裝飾，應該是參加婚禮的車隊之一，也不知道有多少乘客埋在裏面。

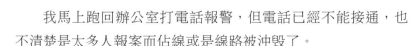

我馬上跑回辦公室打電話報警，但電話已經不能接通，也不清楚是太多人報案而佔線或是線路被沖毀了。

「阿盧，你知道發生了甚麼事嗎？」

他剛和我一起出門察看，回來後雙腳一直在抖。他目光呆滯地點了點頭。

「你繼續打電話報警，務必要打通！」

我向旁邊的幾名趕回來協助的同事略說明了情況，也不知道是否我說得不清楚，他們都跑了出去。

大家立即聚集了所有能聯絡到的同事趕到前面，動用了我們可以拿到的所有工具，希望可以盡快救出被困者。十多分鐘後，當第一名傷者被抬出來時，警方人員也剛抵達現場。他們開始維持秩序，但幾乎沒有居民理會他們的安排，大家都在拼命的挖掘。在他們不斷要求增援下，消防隊及救護車先後到場，惟均因道路水浸、壞車處處而受到阻延。

時間過得很快，但救援的工作很慢。

警方於當日下午4時設立專責登記失蹤人士的小組，並設指揮站登記、保管災場中發現的災民財物。消防處、民眾安全服務隊、醫療輔助隊、駐港英軍、香港義勇軍都參與救援，連日搜救傷者及搜索死者。

這裏是陣陣惡臭、鬼哭神號的人間煉獄。附近居民也向我們遞水和送糧，但我們只接過瓶裝水。看着這些屍體，怎麼嚥得下？這段時間我們都沒有回家，累了就倒頭而睡，基本上是假寐片刻，又開始挖掘的工作。救人啊，一刻都不能待！拉出來的人都沒有知覺，有時候找到的只是殘骸斷肢。雨並沒有停下來，只是時大時小。

三天之後，我們在現場知道各部門開會後，認為暫時可停止挖掘工作，因為黃金72小時已經過去。我們聞訊都跌坐在泥

沼中，儘管滿臉都是泥漿，還是清晰的可以看到淚痕。有一名同事更「哇」的一聲哭了！

我對他們說：「大家都盡了力啦。」

其實我的心情絕對不會比他們好。

是次災難造成 71 死 52 傷。

1.5 成家立室

過了幾天，我的心情仍是沒有平靜下來。那天我約了女友見面。我是在現場搜救的人員，當然比電視新聞或報章的報道更詳盡、資訊更多。

我告訴她：「最初抬出來的都只是受傷，還有得救，所以我們都很努力地挖掘，到後來看着一具具屍體，我們都很悲痛。」

她安慰我說：「放鬆點吧，都過去了。不如，我們去看電影，散散心，好嗎？」

那是拍拖幾年以來，她第一次主動執着我的手。那天我們談了很久，也談及對人生無常的看法，很多生與死的問題等等。我們的關係又跨進了一大步！

一年多之後，我終於成功奪得美人歸。

「你對我女兒好我是知道的，所以也不為難你，二十四圍酒席、再加禮金禮餅，就這樣，其他的都不用了。」

我的岳丈一向不喜歡我，但岳母在這關鍵時刻也不肯為我說詞，我工作了七年的所有積蓄、家裏的，加起來都不夠啊，那怎麼辦？我們回家時，路上媽媽一句話也沒說，我知道她也很擔憂。隨後的兩星期媽媽找了些親戚商量，終於替我想好了。

那天「師傅」叫我到他辦公室，交給我一個文件袋。

「結婚要花的錢還真不少的。你們是我介紹的，這就算是我的賀禮吧。」

「謝謝你的心意，我看這太厚了，不合適的。我父母做了四份『會』（那個時代香港較流行的私人眾籌式借貸），勉強夠用的。這些，你還是收回吧。謝謝，謝謝！」

結婚當天，男家邀請最多的，當然是我的同事。我們曾經歷過「六一八山泥傾瀉」事件，在災區一同救人，感情超越了一般同事。我們是一個相對封閉的團體，由於終日跑在一塊，工作時也行動一致，所以各人處理的住戶問題、或曾經為某個單位解決了甚麼樣的困難，大家都瞭如指掌，沒有秘密可言！

就這樣，我們互相關照、互相扶持。我們不只是同事，更是朋友。到了幾十年後的今天，大家仍有來往，有兩名更是經常在我家聚會的核心成員。

1.6 廉署召喚

同年我從房屋署（前寮仔部，那時已改名）被借調到新界理民府，負責新界某地段的清拆工作（那裏後來變成了幾個屋苑，全是兩三層的獨立屋）。

我被調走的時候沒有不捨的感覺。反正工作不如預期，看不到前途，和「師傅」（現在變成親戚）也漸行漸遠。

「你在這新的地方好好幹吧。我看你可以比以前更早回家，也不用天天 OT，我心裏也感覺更踏實。」

我的妻子是比較傳統的，她總認為正常上班，朝九晚五就是好事。

「我在新的工作崗位更『寫意』！早上免費早餐，每天往海鮮酒家的貴賓房吃龍蝦、鮑魚、老鼠斑。」

「哼，臭不要臉！有這樣子的工作嗎？就以為我甚麼都不知道。」

我把情況告訴她，但她還以為我跟她開玩笑。當然，我沒有告訴她搓麻雀是每天的指定動作，但不同的是這裏賭注很大。我們都可以獲取籌碼，贏了拿錢，輸了簽單。過了不久，我們連晚飯都安排上：晚上到另一家酒家吃更高級的海鮮，多來自法國和日本。賭的更大，賭注基本上不符合各人的收入水平。短時間內我已認識到事態嚴重，我也曾裝作不經意地提過一些問題，上司直接警告我切勿多管閒事。

「我想申請調回房屋署。」這天我終於找到機會跟上司提出。

「怎麼？你以為這裏是甚麼地方？是可以隨時任你來去的？」他初時有點錯愕，然後轉為憤怒的樣子，「這樣吧，如果有別人申請這裏的位置，我也不留你，好嗎？」

從那一刻開始，我立即被孤立。工作、膳食全部沒有安排，幾個星期下來每天自個兒坐在辦公室看報紙，真的非常苦惱，我想我就快發瘋了。終於，報章上一則廉署的招聘廣告改變了我的一生！

我當時還未搞清楚甚麼是貪污、行賄、受賄。但我知道，有些事情是不應該做的，那是亘古以來在人們心中的一把尺，不需要讀過法律才知道。

我很高興獲得廉署取錄。雖然沒有調查經驗的我，要從第三級的助理調查主任做起，我也十分願意，並帶着期望在 1974 年 11 月 1 日往廉署報到。

出門之前，我撫摸着妻子替我熨得筆直的白襯衫，她好奇

地問：「怎麼啦，髒了？」

　　「沒有，很整潔！」我摟着她，輕輕地在她額角上一吻，「況且，衣服髒了也只是外表，可做人必須乾乾淨淨！」

　　「你說啥？我不明白。」

　　「我出去了，要去打大老虎！」

許家民與弟弟的
童年合照

年輕的許家民

許家民（後排左一）在徙置事務處任職見習區長時與部門同事合照

許家民在老虎岩辦事處（現
稱樂富）留影

許氏伉儷辦婚宴

許家民與妻子的
合照

在廉署組織同事夾 BAND

在廉署成立十六周年晚會上表演音樂

許家民活潑好動，但也喜歡音樂

初生之犢不怕虎

——《莊子·知北游》

可公開情報

☑ 當年的公務員，都愛穿白襪黑鞋。執法的部門有制服，夏季穿短褲，冬季穿長褲。

☑ 收取紅封包是當年某些公務員生活的一部分。絕大多數市民都會在與公務員交往時提供金錢利益。大家都接受了這種習慣，不會考慮是否合法。

☑ 公務員的這種陋習由執法、批審、至派遞郵件、分配公屋等範疇，無一例外。所以廉署成立之前的香港被形容為當時全世界最貪污的城市之一。

第二章

接受磨練

2.1 從零開始

這天，一名憨直、果斷的青年，燃燒着希望，走進了中環、和記大廈、6 樓。

「你坐這兒。」我向 E1 小組的盧 Sir 報到之後，他帶我去走廊另一邊的一個房間，示意我坐的位置。

「Louis，你有經驗，他交給你了。」

Louis 是從人民入境事務處（當時一般人稱為移民局，後稱入境處）考進來的。雖然大家都是 Grade 3 三級助理調查員（後改稱助理調查主任），而且我因為有了七年的工作經驗所以是收取頂點薪酬的 Grade 3，但對於調查方面，我只是白紙一張。Louis 很謙遜，也很樂意教導新同事。

「我先說說整個廉署的架構和你的工作範疇，也會介紹如何與投訴人取得有用的資料、如何會見證人及錄取證辭等。我們廉署才剛成立了八個月，這個嶄新的部門，連正統一點的培訓課程都尚且在規劃之中，卻已經接獲了幾千宗投訴，而調查人員只有幾百人。所以，大家都很忙，你要有心理準備。」在這樣的年代，能跟隨到一位好師傅，是我的運氣。

看了一個多星期的法規、檔案資料等之後，他給了我第一份工作：「我們這組主要調查《防止賄賂條例》第十條的案件（涉嫌擁有財富與官職收入不相稱）。現在給你這批數簿，看看有何發現？」

「要找甚麼？」

「誰都不知道。或者找不出甚麼。」

「為何要在晚上看這些東西？」

「日間你不會有那天是可以有兩小時以上坐得穩穩的。由於在日間隨時會有新投訴而需要面見投訴人，又或者要到某地

方索取一些文件回來作跟進調查，所以真正涉及手上幾宗大案的調查工作都在下班後做。」

「我想請教……」

「請講。」

「我投考的時候，也向考官說過，我是從房屋署過來的。我還以為會安排我做有關的調查工作。」

「我們迄今已經接到幾千宗投訴，調查工作也已經涉及不同的政府部門。我們是不會按調查員的背景而安排工作的。」他翻開其中一個他給我的 case file，我看到那是涉及一個「非紀律部隊」的政府部門案件。

「其次，任何部門的公務員如擁有巨額財富都有可能是 Section 10 case，所以日後你亦有機會處理涉及你舊部門的案件。」

就這樣我每天 8 時半上班，一直到晚上 11 時多才下班。在那個年代，沒有人提出過超時工作應該如何補薪，只有紀錄工作的日誌，到了一些階段性的日子，比如案件有了進展，上司就會安排我們放假。最初我還每天向在家裏候着我的妻子表示歉意，後來都不解釋甚麼了。

※

過了一段時期，有天終於要結案了。盧 Sir 要我隨着 David —— E1 的一位 Grade 2 Officer（二級調查員）——一起出發，為翌日清早的逮捕工作做準備。我們三人晚上 8 時抵達窩打老道。

「再往上走，在 G 座天台。」盧 Sir 帶領着我們。

「這不是培正嗎？」David 問。

「是，前面是中學部最高的建築物，我們到天台音樂室去！從那兒用望遠鏡可以直接看到窩打老道山的住宅內情況。」

怪不得盧 Sir 要我們打扮成這樣，真的有些像幾名教師。

「就是這家了。看到了嗎？這就是疑犯居住的地方。穿藍色睡衣的就是 target（目標人物）。你倆在這兒候着，明早 6 點半我們會到，你要告訴我們他還在不在，好讓我們進屋抓人。這裏也可看到大閘，這照片中是他的車，如果他駕車離去在這也可以看到。」

「如果他溜了呢？我們是不是馬上到街上電話亭打電話向你報告？學校的電話可用嗎？」

「不用。他溜了我們就不出現了，以免打草驚蛇。學校的電話都關在辦公室內，你怎麼用？校方只有校長知道廉署要秘密借用這房間，但不知道作甚麼用途。其他人並不知情，所以會關門及上鎖。以疑犯幾十年的調查工作經驗，很容易發覺有甚麼跟平日不同之處。平常夜裏這裏黑漆漆的，只要一亮燈就完了。他這些日子十分警覺，而且正安排離開香港，所以，我們要很小心。校工也是不知情的。為了避免校工巡樓發覺異樣，所以要跟平常一樣，我們離開時會把天台樓梯的鐵閘鎖上，明早回來『放』你們！」

這個晚上真的是漫漫長夜啊。我們輪流監視，一直聊天。在黑暗中只有少許月色加上對面街燈的一點兒光，我們就這樣坐着，還好，有椅子。

目標人物這個晚上好像也知道一些事情將要發生，他整晚在大廳中來回踱步，到了凌晨 1 點多才睡覺。

不久，我倆發覺睡眠反而不是最大的問題，而是這裏沒有洗手間！人的忍耐始終是有限的，但又有甚麼解決的辦法？這是一個很標緻的音樂室，不可能在美麗的鋼琴旁邊撒尿吧。最

後，我們在角落裏發現了幾個可能是學生遺留下來的空汽水瓶，如獲至寶，起碼保持了音樂室的衛生啊！

第二天早上 6 點半，盧 Sir 帶着其他組員來「放」我們。他很奇怪地看着我們手中拿着的四瓶汽水，問道：「你們從那兒弄來的？」

我倆相顧而笑，該如何回答他呢？

2.2 考驗耐性

由於急需發展、成長及擴展團隊，當時廉署執行處三級助理調查員每半年便有機會獲得推薦參加升級面試。我所在的小組半年後第一個獲推薦的是 Louis，大家都知道會是他，沒有甚麼懸念。再過半年是另一個呼聲最高的 Johnny，也沒有意外。再等了半年，盧 Sir 又如每次一樣，面見我向我解釋為何不推薦我。我很失望，打算申請返回徙置事務處。

「你在廉署有甚麼不滿意的地方？為何只做了一年多便要走？」

當時在廉署遞交離職申請表後，通常都會安排由助理處長見一次面的。

「我很喜歡在這部門工作，也很投入和盡力，但已經過了三次升級試，都不被賞識，估計自己不適合這裏的工作吧。」

「你的上司評價你不夠積極啊。」

「我很勤力的，而且有工作日記可查閱作證明。」

在翻閱了我的工作日記，清楚顯示了一年多以來朝八晚十一的工作詳情後，助理處長要我留下來，並將我調往 D1 小

組，即日生效。我想，離開那兒也好，反正沒甚麼損失。

某天，我在職員餐廳用膳——

「驢也很勤力，但我們更欣賞馬，你知道為甚麼嗎？因為馬的表現好，跑得快。你每天看了那麼多文件、數簿，發現了甚麼？因此破了多少大案？光是勤勞又如何？這叫 result oriented（結果決定一切）。有人較幸運，他負責看的文件漏洞明顯，一眼看出來了，破案成功了，那就是所謂官運吧！」

聽到鄰座兩名同事的交談，我終於明白自己不被推薦的原因了。也許是考驗我的耐性，又或者官運未到吧。

在 D1 一年，我的確成熟了。在案件的調查工作中有更多的貢獻，也成功獲得推薦。一起上培訓課程的共有 12 人，很高興全部考試及格，晉升為 Grade 2 Officer。

「老婆，我今天接到信，升級了。」

「我還以為今天是甚麼原因，你突然間那麼早回來，我可沒有準備你的晚飯呀……升級又如何？我從來就不要求你當多高的官或者多有錢，你不想想，我們每天只是晚上睡前打個招呼，說不了三句話，已經兩年多了，你認為值得嗎？」

盡管我很高興……很高興……很高興……但這極度興奮的心情，一下子卻跌到了谷底。妻子不理我，她自個兒跑進房裏，我看着手中的那瓶香檳……

良久，唉，只好先把它放進冰箱吧。

2.3 兄弟情誼

「Welcome to B2！I am your Section Head Nicholas Martin.」

「馬田是出名的好人。跟隨他一定可以學到很多東西。」

這是我升 Grade 2 後調到 B2 前，同事們對 B2 組長 Martin 的評語。B2 是另一個 Section，專門調查與警察有關的案子。這一組有幾名同事會在日後與我多次共同進退並且一起破了不少大案。不久，又多了一名天資聰穎的大學畢業生。他姓莊，英文名字跟我一樣，也叫 Ricky。

我在廉署已經三年多，所以組長要我帶他。他寫的報告、證辭等，都必先經過我才給組長。我發覺到他的英語水平很高，可以做到「筆不停輟、文不加點」，絕非其他 Grade 2 同事可比。他的為人也很謙遜，所以我很喜歡與他交流工作經驗。

「你平常下班後有甚麼消遣？」我見他通常下班之後都不是馬上走的。

「喜歡和朋友玩玩橋牌。」

「甚麼？橋牌，啊，我只略懂，很少玩這玩意兒。有機會要跟你學習。」

「不敢、不敢。我也還在學習，有機會交流交流吧。」

「你不搓麻將？」

「很少，不大會。你們下班後是不是都喜歡到職員餐廳的酒吧？」

他以為所有調查員都是這樣，剛巧我就不是。

「我沒這習慣！」我淡淡地一笑。

※

這天，C1 小組的同事來到我組，案件主管是 Patrick Sir。他的組長要他把案情與我們分享，並要求我組派員協助。這是一次典型的圍捕。

「我們接獲投訴，有警方人員向一宗刑事案件的被告索取港幣五萬元，作為報酬，有關警員會替該名被告銷毀對他不利的證據。這是一宗很明顯的索賄案。今天晚上 9 時半交錢，地點是粉嶺聯和墟的一間連酒吧的西餐廳 BBO Bar and Restaurant。TSD（技術服務部）負責裝機和錄音。分工方面，C1 的同事熟悉所有目標疑犯，所以負責拘捕和回去錄取證辭等。你們 B2 派人協助，包括監視、封鎖場地及負責場地的清理，檢走包括賄款等一切證物證據！」

Martin 也插了一句：「一定要在交錢以後才抓人，那些錢是主要的證據，要看管好。」據同事說，那些都是 marked money（加了記號的鈔票）。

大伙兒下午抵達疑犯與投訴人會面的酒吧。那是我第一次與那麼多的 TSD 同事一起工作。我們 B2 同事裝機、扮客人，一切都安排好了。但對方很機警，那英式酒吧是獨立的，而且在餐廳的另一角，他們坐的位置臨時改變了，我們的人離他們太遠，看不清楚，還好收音效果不錯，我們停泊在路旁的車上聽得很清楚。

「錢帶來了嗎？」那警務人員問。

「帶來了，但你們真的有辦法替我毀滅證據嗎？我有甚麼保障？」

雙方交談的一切全被錄音了，我們在外面車上一直監聽着。

「這文件袋裏是五萬元。如你所說，全是一百元鈔票。你點算吧。」

「在這裏怎麼點算？諒你也不敢給少了。拿來！」

Patrick Sir 一聲號令，全體同事立即衝進酒吧和餐廳，有同事封鎖前、後門。然後，抓人的抓人，但是⋯⋯錢呢？錢呢？怎麼沒找到？被捕者已被抓到車上，幾個同事把整個地方都翻了多遍，但錄音中提及的錢呢？往哪兒啦！投訴人說已交了給對方，疑犯說沒有，那怎辦？大伙兒只好繼續找。

「現在已經快 12 點啦，我宣佈行動結束。大家回辦公室做報告吧。」Patrick 很無奈的說。

凌晨 2 點，案件主管 Patrick 與兩個小組的組長商議後，覺得最大可能是疑犯及時把錢放在他熟悉的某處（可惜當時還沒有小型錄像設備），48 小時內找不到贓款便要放人，功虧一簣。Patrick 要求 B2 再到現場搜索一遍。但那時所有人、包括司機，都已解散了。辦公室內就剩兩個 Ricky。

「Ricky Hui，你駕摩托車上班的嗎？去取車，跟他一塊，兩個 Ricky 回到酒吧替我們把這五萬元找回來！」C1 的人都還在跟案件雙方各人周旋，要拿他們的證辭，沒有閒工夫。Martin 當然會要求我倆去。

那年代並沒有新界環迴高速公路。從中環往粉嶺，要經過中文大學那兒的舊青山公路，沿途路燈不明、路途崎嶇，十分危險。凌晨 3 時多我們到了，再搜索了一個多小時，仍找不到那袋錢，我倆在酒吧範圍內搜了又搜。

「我們回到疑犯被捕的座位上模擬一次好嗎？」

「對，當時他們坐在吧枱旁邊的高腳櫈上⋯⋯」

「如果他把那袋錢一扔⋯⋯」

「Yes，如果一扔⋯⋯」

我倆一同看到吧枱之後，酒保站立的位置，有兩個大水櫃，（即舊式的汽水冷凍櫃，內裏放滿水，而汽水、啤酒就浸在水中）。我們互望一眼，不約而同地一躍而起，翻過吧枱跳到裏

面。各自打開面前的水櫃——

「這裏只是啤酒和汽水。」

「我這邊是空的！」

我頹然往後，失望地靠在後面的一排洋酒櫃。正在這時、在這個角度，才看見兩個水櫃中間有一個呎半高的塑膠桶，內裏有一個大膠袋，不過只有幾支飲管和一些啤酒樽的樽蓋。

「那留宿的看更呢？——阿伯！」

「怎麼？你們還在？不用叫我了，你們離開時關上閘門即可。」

「不，我想問問，你們的垃圾都去哪兒啦？」

「職員每晚下班時帶走的。」

「扔往哪兒？」

「我怎知道啊？又不是我做的！」

「啊，謝謝了，不打擾你了，我們走啦。」

我倆立即奪門而出，在附近轉了幾圈。

「怎麼附近都看不見垃圾站的？」

「可能很遠。」

「那……垃圾可能扔在小巷裏。」

我們找到有兩條小巷是堆滿垃圾袋、竹籮筐和紙皮箱的。

「這裏有幾十個塑膠袋，看來到明早都還未能找到了。」

「喂，你看！」Ricky Chong 指着前面膠袋旁有幾個打破了的啤酒瓶。

「沒錯，應該就在這一堆。」

還好那個年代沒有那麼規範，不會用黑色大膠袋放垃圾，而是大大小小不一，各式各樣的膠袋，不過，絕大部分是透光的，可看到裏面的。我們就在那兒不斷地翻，很多都是廚餘，有些人直接就把東西傾倒在竹籮筐裏，地面都是污水。很快我

們就檢到兩個內裏有大量汽水罐的塑膠袋，我們就跟那兒的老鼠爭奪。

「這兩個有機會。」

「第一個……噢，沒發現！」

第二個，在一大堆垃圾與空罐之下，赫然看到一個又臭又濕的、某某百貨公司的小型膠袋，剛好摺成 4 吋乘 8 吋大小，沉甸甸的。我小心地打開它—— Bingo！內裏是一個公文袋，還好裏面的公文袋是乾的，載着一疊鈔票！

「Ricky Chong，」我突然發覺自己太興奮、嗓子太大了點兒，立即壓低聲線和他說：「全是鈔票呀！」

其實他應該也已經看到了。當我站起來時，他從旁遞了些東西給我，在暗淡的路燈之下一看，他拿給我的是廉署的專用證物袋。

我小心把那「寶貝」放進去。當我們從小巷走出來時，我做了一個深呼吸，那是從來都沒有感受過的清新空氣。原來可以完成一項使命的氣味是這樣的。我倆忙了一個晚上，凌晨 5 時才離開那兒返回總部。

「喂，後面的不要睡着啊，你一掉下去會沒命的啊！」

後面的 Ricky Chong 傳來打鼻鼾的聲音，我冒了一身汗！其實我們倆都很累，也很睏。

「喂，前面的好好駕車啊，兩個 Ricky 兩條命啊！」後面的 Ricky Chong 用頭盔猛力撞我的頭，因為我駕離了馬路，跑到對面線上了，幸好那時沒有對頭車！就這樣兩人在凌晨 6 時多回到辦公室。還好命大，今天還在！

事後我們想起出發前 Martin 曾囑咐隊員要小心看管那袋錢，真沒錯！他還告誡我們一句：What could go wrong would go wrong！（估計或會失誤者，總將出錯！）

2.4 冒險取證

這天在工作會議上，Martin 講述了一個 case，投訴人是一位婆婆。她的證辭表示：「借『大耳窿』（高利貸）錢的是我的姪兒，他現在溜到哪兒我也不知道，我也不是借貸的擔保人，憑啥要我賣掉房子替他還債？我絕不肯，說要去報警，然後那個頭目就說報警也沒用，都是他們的人。他們還說如果收不到錢，便會鎖鐵閘、澆漆髹和放火燒屋。我是不信『都是他們的人』那句話的，但看他們有恃無恐的態度，極大可能有警方包庇。」

Martin 把這 case 交給我。會後他要我留下來。

「這 case 你會怎麼做？」

「如果交錢的時候抓人，可以抓到這些黑人物，但卻抓不到背後包庇者。」

我腦袋裏閃過一個念頭。

「我想……由我扮演婆婆的另一名親屬，代婆婆出面與他們『講數』（談判），並在對話中儘可能取得足夠可起訴甚至定罪的資料。」

「What？Do you know what you are talking about？You want to induce someone to commit an offence？（英名稱 "agent provocateur"）」

我知道當年未嘗有廉署人員如此查案。重點並非扮演角色，而是不能被視作引人犯罪。

房外的同事只聽到 Martin 在喝罵，隔着玻璃門根本不知道我們為何吵起來。

我力辯我可以在談判的言辭中引導出此事本已發生，而我們（我和婆婆）只是應約前往談判，並希望獲取更多（如果原

本已經存在的）警方包庇的證據。

由於時間緊迫，對方隨時會接觸投訴人，Martin 立即再召開緊急會議，全組同事都認同我的法律觀點。Martin 很小心，他閉門打了幾個電話。

經過一段不太漫長但令人煎熬的等待，他打開門走出來宣佈：「I have changed my mind. Ricky, you can go ahead.（我改變主意了。Ricky 依你的方法進行吧）」。

那就是說，我們終於可以主動出擊了。全組的同事都很支持我，我在同一時間也終於找到了婆婆，並說服她讓我當她的姨甥，和她一起出席談判。

兩天後，對方再聯絡了婆婆。談判地點定在灣仔的粵東酒樓。

TSD 要在我身上裝「咪」（那是第一代的微型話筒連帶無線發射裝置），由於這是首次使用這種隨身的微型裝置，TSD 的老總劉 Sir 也親自來調試裝備，還堅持要親自去做 recce（實地視察）。他擔心附近高樓林立，反射波和干擾都很多，恐怕無線咪的效果會受到影響。

劉 Sir，人稱廉署的 Mr. M（好像電影 007 中的 Mr. M）。這是我第一次接觸這位更像大學教授般的謙謙君子。

Martin 認為應該多派幾位同事一起去，可以多些保障。我向他解釋，如果人多了，更像是「晒馬」（黑社會展示實力的做法），那麼對方一定會搜身，亦即是說，我們不可以裝機，那又有甚麼用呢？

2.5 團隊精神

約定的時間到了，那是一個星期二，下午 6 時正。我們在 4 時已經抵達。支援的同事要霸佔着適當的位置扮演茶客。

「甚麼？二樓全包了？」臨時發覺一切部署都白費了，我們的人不能進酒樓二樓支援，只可以坐在樓下。

「Ricky，取消吧！」

「Call it off Ricky！」

「案可以不破，人不可以出事，Ricky，這太冒險了！」

「我們還是另想辦法吧。」

由於婆婆賣掉房子的金額涉及四十幾萬，在當年是很大的一筆數，所以估計這團伙會很重視。即是說，對方出席的人數將會不少，情況若不受控，會很危險。幾乎全世界包括我的小組組長 Martin 及再上一級的 Group Head 組長（亦即首席調查主任），都勸我取消行動。

「不怕，只要你們從這『咪』可聽到我的講話，那便沒有問題。我可以照顧好自己。如果我認為談得差不多，應該可以了，就會假裝反臉，拍枱大罵，說要往廉署舉報，一聽到這句話，就請各位兄弟進來『收網』（捉人）吧！」

「我仍然覺得這樣太危險。我們可以另想辦法破案的。」Martin 說。

「我自初中開始習武，學習的是『迷蹤拳』，至此已有二十多年，在中學年代也曾在街上遇到過『劏死牛』（被街霸匪徒截劫），當時一個對三個都能輕鬆地把他們趕走，所以這次估計保護自己還是可以的。」

我仍然堅持着。

「放心吧，兄弟。我們是搭檔嘛！我會一直在外面聽着，

保證你的安全。」

有了 Ricky Chong 的這句話，我更覺得沒問題。

我進去之後，發覺對方有二十多人，佔了十多張桌子，全都是凶神惡煞的樣子，好像拍電影啊！我看看身旁的婆婆，她反而比我更鎮定，一點兒緊張都沒顯露！

談判如預期，過程中他們也一再提及警務人員包庇的內容。我認為差不多了，就借着對方的一句話，突然發惡……

「你們這也太過分了吧，其實她也不是擔保人，你們憑着有警方撐腰就欺負她，我也可以報廉署！」

他們怒目圓睜，狠狠地瞪着我。

與我談判的領頭人非常憤怒地站起來並大聲說道：「你說甚麼？你可以出得了這扇門嗎？」說罷作勢要動手。

我心裏焦急，人呢？兄弟們，跑哪兒啦？我的廉署同事並沒有如期出現。正當我還在猶豫之際，突然旁邊兩桌的人都站了起來，有兩三名更靠近來好像想有所動作。

「別……別太認真好嗎？談了那麼久，就不能輕鬆一下嗎？」

我心裏有些亂，他們為甚麼還沒出現？於是我繼續講話。

對方一名嘍囉從鄰桌一步跳過來，用手揪着我的衣領，我立即用雙手按着他的手，我不是怕他，而是怕被他的動作碰壞了收音裝置，往後的談話就算有多重要、多精彩，都沒用。

此時婆婆突然「噗」的一聲跪到地上，喊道：「你們不要打他呀，他只是來幫助我的，請你們放過他吧！」

那領頭的大概也沒想到婆婆會這樣，不由一愣。

「好啦，好啦——」

他示意那名手下放開我，並扶起了婆婆。

「我們只是要錢。如果向我們借了錢可以不還，我們豈不

是變了開善堂啦？那我的兄弟拿甚麼來過生活？」

「我明白你們很多兄弟要吃飯，但總不能讓她連養老的家都沒了。如果時間上寬容點，她可籌錢，就可分期還，不用賣樓，你們也可多收點利息。」我繼續說。

我一直在拖，又談了五分鐘。心裏盤算着，除非外面根本聽不到，否則應該知道我已經不斷在拖延呀！此時那領頭的一掌拍在桌子上，發出了一聲巨響，對我說：「我沒空讓你在這忽悠！」

我正要再說出暗號之際，突然間所有埋伏的兄弟都衝進來了。

此時婆婆突然「噗」的一聲跪到地上，喊道：「你們不要打他呀！」

※

回到廉署總部，同事才告訴我，開始錄音時很正常，主要內容全都錄了，但往後突然聲音不穩，時有時無，聽不到我的暗號，但談了那麼久，重點的證辭也已經錄取了，Ricky Chong 認為可以了，他怕我有危險，便向 Martin 説要立即收網，不能再拖。

在其後三十多小時的問訊中，二十多名疑犯沒有供出一位真正的警務人員。在談判中提及的警務督察也並不存在，全都是這幫歹徒虛構的，案中並無警方人員涉貪。這是一次很好的經驗。日後對於涉及警方的指控，應要更小心地查證。

至於那天的「勇字當頭」行動，現在説來輕鬆，但回想當時酒樓中的情況，猶有餘悸。事後我和 Ricky Chong 一起時，我搭着他的肩膀説：「你們再晚些進來，我可能要躺着被抬出去了。」

「不會啦！我發覺到時間太長、不合理，我們擬訂的所有對白都應該唸完了，你一定有危險，就堅持要衝進去了。」

果然是兩個人一條心啊！

二人同心
其利斷金

——《易經·繫辭上》

可公開情報

- ☑ 廉署每天接到的投訴，有些是直接打電話到執行處舉報中心的熱線電話的。舉報中心 24 小時從不間斷地有專人值班接聽電話。

- ☑ 舉報中心系統有自動錄音功能，接聽的職員會將投訴寫成報告。

- ☑ 如果選擇到各區的辦事處投訴，會有專責職員接待，記錄投訴資料，寫成報告。

- ☑ 所有投訴報告都會匯集到舉報中心，並於翌日早上呈交執行處最高層開 morning prayer（早禱會）討論、分析並即時指派跟進工作。

- ☑ 所有案件調查後交往律政署進行檢控。

- ☑ 如律政署認為仍需要更多證據，會交還廉署繼續跟進。

- ☑ 如認為沒有成功檢控的可能，會退回廉署，交往 Operations Review Committee（ORC）（審查貪污舉報諮詢委員會）核實。若 ORC 亦同意便可終止調查。

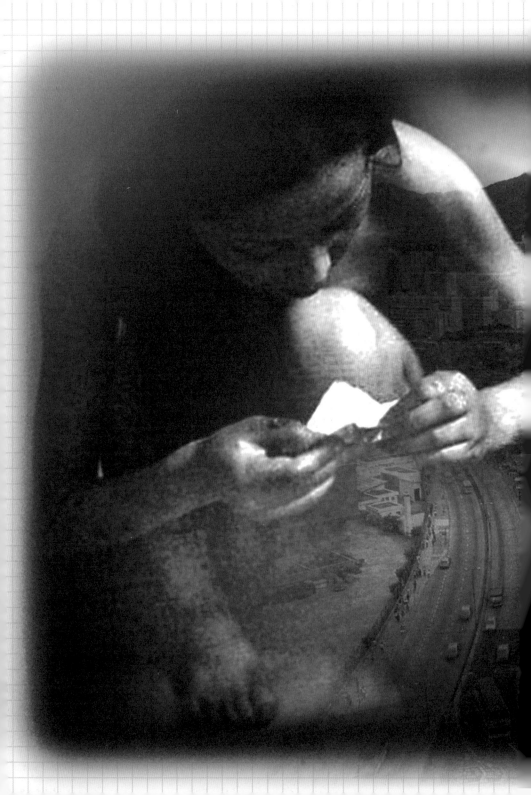

第三章

大龍鳳

3.1 向困難挑戰

在兩個多月後的一次工作會議中，我向組長報告。

「Sir，投訴人別號『排骨』，是一名在囚的道友（吸毒者）。他被販毒集團安排做『大龍鳳』（假裝被捕），每次『安家費』三千元，已經是近期第四次被捕了。我已向監房（監獄處，後稱懲教署）查證了他前三次被拘捕時的『包頭』（隨身行李），紀錄中每次都有超過三千元的現金，這與一名小毒販或道友的身份不符，但卻完全和他的證辭吻合。」

「三千？行情又漲了？現在已加到三千了？那他還投訴甚麼？」

「本來搜獲的毒品份量少，一般只會判他進入戒毒所或入獄三個月以下，但他這次被判了九個月，他被抓的時候還被打了。」

「這些道友一有錢就會去新蒲崗麗宮戲院附近買毒品；沒錢的時候，熬不過去了，就到對面的美沙酮戒毒中心取喝美沙酮；如果被抓，就往另一旁不遠處的新蒲崗裁判司署受審。這三個地方那麼近，又關係密切，委實很諷刺啊！」

「我看了你的報告，鑽石山是主要的毒品交易散貨之處。我同意接觸添馬艦，向英軍申請借用他們在鑽石山的兵房頂樓做『天文台』（監視位置），這個我會安排。那兒沒有外人，較安全，你的 Section 也可以做。但我擔心你再分拆人手到新蒲崗法庭男廁做第二個『天文台』，雖然那裏位置極適合，可以拍攝到很好的材料，但那兒是公眾地方，有風險。你的團隊必須緊記，不可太冒險。」

「那我說的 UC 行動如何？（UC 是 Undercover，即卧底行動）」

「你看電影看太多了。如果我們在英國要做一次臥底行動，你知道要多困難才可獲得批准嗎？」

「我上次在粵東酒樓取得很好的成績，獲取的證據十分有效，把二十幾名疑犯全部定罪，我覺得——」

「那次只是 Cosplay（角色扮演），嚴格來說並非一次臥底行動。廉署從未進行過臥底行動調查案件，你別說了！」

※

隨後兩個星期的調查，拍攝到大量材料。在 TSD 的協助下，「天文台」用了不同儀器，把一處在擔擔麵館附近的毒品分銷中心內的一切活動、各進出人物的面容相貌，全部拍照記錄了。

「該販毒中心的『大當家』是蘭姐，身材瘦削，不高，是一名中年婦女，其夫乃某黑社會集團的『四八九』（管事人之一），中心內經常有『四二六』（打手）及其他屬下十多人。」我詳細的報告了這段時期的調查結果。

「像其他拆家（分銷者）一樣，分開少量與大量的交易地點。在新蒲崗這裏出入的人雖然多，但是屬於少量的交易。每人每次不超過一打（把一條飲管剪成很多小截，內藏白粉〔海洛英〕，一打就是十二小截）。他們貨不隨身的，一般放水渠旁、或停泊在附近的車輛的輪呔上，或者放在單車上等。待他們收取金錢之後，才會着買家自行到指定的地方取貨。」另外一個 Ricky 繼續補充。

「少量的沒用，帶不出背後的莊家，更引不出警察。」

小組組長 Martin 很不滿意調查的進展。

「大批量（半磅或以上）的貨，只給認可的買家，但交收點不在這兒，而是每次不同，不過控制中心和談買賣的地方在

麗宮戲院

柏立基美沙酮診所

新蒲崗裁判法院

密切的「三角關係」

東頭邨

麗宮戲院

新蒲崗

彩虹道

新蒲崗裁判司署

柏立基美沙酮診所

公爵酒樓。蘭姐則經常出沒於自己的老巢，在鑽石山那邊。那裏是一條斜路，上面是多條小巷子，如同一張網絡，是一個迷宮，所以要抓她也極不容易。」Ricky Chong 繼續解釋。

　　「太複雜了，我認為如果要搞破整個販毒集團和牽出後面的警方勢力，我們只好派人混進去跟他們做買賣。」我仍然堅持自己的方法會奏效。

　　我做了很詳盡的解說。這次誰都明白，以我們目前傳統的調查方式，實在不可能再有甚麼進展了。雖然我也另外招了兩名「線人」安插在那裏，但他們所提供的情報，也起不了太大

作用，因為對方太小心了。

「你説説你的計劃吧。」Martin 終於再給我機會陳述我的調查方案。

「我打算派人偽裝『道友』，前往新蒲崗買『粉』，當取得他們的信任後，再往公爵酒樓買更多的。到時候應該有機會找出警方包庇的材料。」

我在廉署執行處一級一級的做解説，指出起碼現在有人安排做「大龍鳳」，而且是經常的、不只一次的，那已經是「妨礙司法公正」的嚴重罪行。最後我獲准在 AGs Chamber 面前作陳述，兼且獲得 AD（助理署長）陪同前往。

「『卧底行動』開展期間，每兩星期我們要知道進展。我要時刻考慮行動有否逾越法律界限。」AG 的代表説。

「若情況有變化，我會考慮是否讓你繼續還是要喊停！」助理署長接着説。「你要記着，混進去的人需要符合的條件。」

1. 是自願的廉署人員
2. 不能引誘警方人員犯法
3. 卧底要定期給管理級人員做報告
4. 公帑買的毒品不可以流出市面
5. 取回來的毒品要放在證物室或機密保險庫
6. 記錄要詳盡及全面
7. 不可參與其他非法活動

3.2 首次卧底行動

我心目中已經有了一些人選。我亦透過上司希望可以借調

到這些同事來幫忙。一星期過去了，我提議的合適人選都不願意做臥底工作。

我再提議一名司機老鬼陳，以及一名加拿大回來的留學生，前者外形好，不需要化妝都像極了。後者是剛進廉署的 Grade 3 Leo Wong，黃榮成，人稱小黃。他人很聰明，好學，而且外形沒有特徵，只跟他見面一、兩次的人，一定記不清他是啥模樣的，所以當臥底較安全。另外，我看中了他是因為他是當時《喜報》（已停刊的報紙）新漫畫家馬榮成的忠實愛好者，畫得一手好畫，可以把我們去過的地方畫出來。在沒有手機可拍攝的年代，那是個寶啊。但只有兩人，不足以互相保障，最終上級要我親自當其中一名臥底。

老鬼陳名陳正義，人如其名，為人仗義。他其實很年青，才三十歲剛出頭，但面相有點特別，看起來有四十多，而且二十歲開始半頭斑白，所以我們都喊他作老鬼。

「老鬼，你的外形很適合這次行動的需要，但上頭一直不批，我花了不少時間才說服他們，當然你仍有權拒絕我的。你從司機轉做調查工作，如果幹得好，可按成績和能力一直晉升。」

「許 Sir，我十幾歲當學徒，二十幾歲已經白手興家開針織廠，如非讀書少被別人騙了，變得一無所有，也不需要入廉署當司機。所以我最憎恨不誠實的人。如果能直接參與調查工作，做惡懲奸，當然更好。」

我安排了我的兩名線人來教我們三人有關道友的一切生活習慣、行為、平常的語言、手勢等等，TSD 亦調試了無線電發射器和隨身微型錄音機。第一天混進去的時間是上午 10 點半。長期觀察的結果顯示這是最「旺場」（生意最好）的時段，他們比較忙，警覺性較低。

「你是高佬嗎？我是阿民，以前跟『排骨』取貨的，他『入冊』（進牢）了，所以介紹我跟你取貨。」

「甚麼，我不是賣東西的，沒甚麼貨，你弄錯了！」

我跟老鬼陳與高佬談了很久都沒結果，突然老鬼陳嚎啕大哭，聲淚俱下。高佬冷不防他這突如其來的情緒變化。

「對不起，他可能是毒癮發作了。」我馬上替他解釋。

「好啦、好啦，哭甚麼呢哭？給你三包就是啦。阿雄，給他三包吧！」

他向旁邊的一名中年漢子示意。我們交了錢，他告訴我們貨在哪兒，然後我們自己去附近路旁指定的地點找到了三包粉（三截飲管）。

「老鬼，你好厲害啊！說哭就哭，可以當金像獎影帝啊！」

「昨天晚上老爸心臟病突發，我把他送進醫院，他今天凌晨做手術……」說着他又哭起來了。

「你為何不說？今天還來？」

「這是工作，約好了，第一天行動我就要請假嗎？但我是家中唯一的孩子，真的很想去看看老爸，不過剛才高佬一直拖拖拉拉的，我可急死啦，一時氣憤，就忍不住哭出來了。」

我馬上開摩托車把他送到醫院，還說好了替他請一天的假。但他終究沒趕得及見他爸爸的最後一面，結果我替他申請了一個星期的假讓他辦理父親的後事。我心裏感到有一股沉重的壓力，很不舒服，整天沒胃口吃東西。

兩天後我再單獨一人前去買貨，也是三包。當時還有另外幾個道友一起的。但當我與他們分開，獨自一人剛走到麗宮戲院門前時，突然被三名人員突擊，從三個方向把我按在地上。

「海關！別動！」

我一聽到是海關而非警察，便想到或有轉機。我自忖若在

新蒲崗「粉竇」地理環境

黃大仙

慈雲山

石礦場

新蒲崗
工業區

詠藜園
四川担担麵

大磡上村

詠藜園舊址

總粉竇

新蒲崗軍營

大磡下村

現址為荷里活廣場
星河明居

現址為
彩頤花園

這裏被捕，幾名「老同」還在不遠處，一經搜身，一定「黃」（穿崩）！我也不知道從何處得來如此大的氣力，可能是自從學生時代開始天天堅持練拳的結果吧，我按地而起，竟然把他們三人拉扯起來，一跌一撞又被拉着這樣跑了一段路，到了新蒲崗裁判司署的一角落，我立即說：「你們看我腳上的發射機！阿 Sir 現在正在工作中，別搞亂！」

「啊！阿 Sir，對不起，我們接報所以⋯⋯現在怎辦？」

「就當我逃脫，我會跑回去，你們再在眾人面前拘捕我，帶回你們總部再想辦法。」

當我被捕時，我估計在附近車上用接收器監聽的同事已經

知悉。所以當我抵達海關林士街總部時，Martin 及 Group Head 都已經在場。

「你要不要先處理一下你的傷？」我這才注意到手臂及手腕都受傷了。可能是被按在地上時弄到的。

「現在有何計劃？」Martin 問道。

「讓他們（海關）給我一張『黃紙』（保釋文件），然後放我回去。我不帶任何器材了，今天應該錄夠材料了。」

兩小時後我裝作被釋放，又回到新蒲崗。

「為何『裝我彈弓』（設陷阱給我）？」

我一直衝向高佬，揪着他的衣領口。其實他比我高出一個頭，旁邊還有幾個人。如果真的動手，相信我也雙拳難敵四手。高佬很冷靜，看了一眼我的傷口。

「兄弟，放鬆點，我又不是認識你很久，小心一點也是合理的嘛。以後，你要多少有多少，錢，大家一起賺，激動甚麼？」

從此我買貨也方便很多了。一個眼神、一個手勢，然後付錢，按他們的指示取貨。

這天我帶了小黃一同前往買貨，並介紹小黃與其他「老同」（道友互相的稱呼）認識。我已經可以買到六包了。那是超過了個人吸食的合理份量，被捕一定判坐牢。果然，當我們剛出來走不了多遠，迎面來了三名便裝警察，各人見狀四散，我和小黃被抓進一條小巷搜身，我在逃走時已扔掉六包貨，當然搜不到甚麼。警察問我的術語我都懂，對答滿意，沒事！小黃可慘了，他沒經驗，警察「盤」（查問）他時支吾以對，激怒了他們，結果被毆打得很厲害，我看情勢不對，跑出小巷大聲喊：

「打死人啦，打死人啦！」

這三名警察追出來圍着我接着打！但他們卻不敢久留，只打了數拳就離開了，其中一名回過頭來再踢了我一腳才走。我回到巷裏一看，嘩，不至於吧！我看到小黃滿臉鮮血，左眼腫了，鼻、口都傷得很嚴重。我跑到街上借電話向 Martin 報告，他要我立即放棄行動，把小黃送進醫院。

Martin 一再叮囑：「案可以不破，人員不可有事。」

我當然不想把小黃送到醫院，那等於甚麼都完了，但又擔心他的傷勢，正猶豫之際，「This is an order！（這是命令！）」Martin 在電話的另一邊大聲喊叫。

回到小巷，小黃求我不要去醫院。按現有情況，若送進醫院，一定要向當值警員報案，我們的 UC 工作便「黃」了，他被打成這樣便被白打了，變得毫無價值。他不甘心就這樣放棄，他記起在這附近有一些診所，要我把他送往診所。

「老闆！（在診所打電話不敢亂講，以免洩露身份）我們發現附近有些診所，比送往醫院更快、更及時得到診治。他沒事，醫生說是皮外傷，照了 X 光，沒有骨折。丟掉了一顆牙齒，鼻腔有破損，眼睛有些腫但不影響視力。」在電話另一邊，我透過一名華籍同事向 Martin 報告，聽到那邊盡是罵人的英語。

出師七天之內接連損失兩名同事，但要錄取的內容尚未全部取得。我決定繼續孤身再戰。當然要經過多次與上司的爭辯——我就是經常頂撞上司的人。

3.3 通過考驗

幾天後我又若無其事地出現，神態自然。沒有人問起小黃，

我知道一切都是在試探我們。從此以後，他們開始慢慢地對我建立信心，我得以來去自由。若哪天身上沒有裝機，我更放心，神態舉止更活靈活現，自己都覺得演得很不錯。

有一天在麗宮戲院門口，又被警察搜身，十幾個人一起被命令蹲在路旁。當然，早在察覺要出狀況時，我們都把粉丟了，一定搜不到。這時一個阿姨走過來，慘，他是以前我在木屋區的舊街坊，一起搬到徙置區的鄰居。她從圍觀者口中得知眼前陣仗是在抓道友。

「阿民，你作啥？吸毒？」

我心中暗罵，「還不快走？別八卦好不好？」我怕她説得太多，又不知道他是否聽聞我已不在房屋署而轉了職到廉署，我猛向她打眼色叫她走。

毒海沉浮

她搖搖頭，很鄙視我的樣子，慢慢走遠了。

「原來你真的叫阿民啊。很多老同都不是用自己真名的。」
我怕得一身冷汗，恍恍惚惚地支吾以對。

我一星期沒有回過家了。

這晚在家泡浴，真的很舒服。一個很愛乾淨的人要扮演道
友，蜷縮在老鼠蟲蟻橫行、臭氣薰天的地方吸毒，真的很辛苦。

我從浴室步出之際，妻子正在替女兒熨校服，她瞟了我一
眼，冷冷地說：「你媽打電話來說，曾經希望你出人頭地，讓
她可以在鄰居面前好過點。她已六十多歲了，也沒有甚麼要求
了，只希望你注意身體，能遠離毒品。」

卧底使用特製飲管「吸毒」

飲管解構圖

M博士為保護許sir，
特別設計在飲管出口
前加上一塊膠片做成
封口，避免許sir在
行動中吸入海洛英，
可謂保護十足。

飲管出口

膠片

海洛英

她突然放下校服，提高了聲調並且走前向我說：「我不知道你最近在幹甚麼，我明白你在工作上的很多事情都不能告訴我，但我只要求要回當年的丈夫。」

※

日子一天一天過去，我們做了多次定期報告，但總未能到公爵酒樓談買賣（超過一打已經不賣給我），也沒有機會與蘭姐談話。高佬曾經說過可給我半磅，他這些日子一直在試探我買貨的錢從何而來，我們也掩藏得很好，一切都合情合理。

「我一向是在深水埗『混』的。那兒的粉摻太多雜質了，我想從這邊『駁艇』到深水埗『跳灰』（賣白粉），希望『執』多些少！」

這天，我到一個老同阿蘇開的理髮檔修髮。

「阿 Sir，做嘢呀（在行動嗎），仲未掂呀（尚未完結）？」

「你說甚麼？怎麼稱呼我『阿 Sir』？我不是教書的啊！」

「別裝了！我曾經與你一併蹲着吸毒，但見你的粉一直沒有減少，那是裝的，我看得出來。」

我隨身攜帶的吸管是 TSD 做的，當然不會把毒品吸進體內。我相信這理髮員他當時摸着我的頭髮，應該感覺到它們都豎起來吧！這時候不承認已沒有意義，我看他並未打算把我捅出來，否則直接跟高佬說，又或者當眾揭發我已經可以，所以我猜他是想要錢。

「我說我是廉署的調查員，你信不信？」

他冷冷一笑，「沒有甚麼信與不信，我在這兒十幾年了，你一定不是警察，這個大家都明白，但是具體是哪個部門，不重要！」

「那，你日後當我的『針』（線人）如何？每一次有『料』（情報），我給你這個。」

我向他出示一個手勢。他又笑了一笑。剪髮後，我給了他一次情報的線人費，他看着那些鈔票，滿意地點點頭作表示。

由於我對阿蘇存有戒心，我只要求他提供一些拆家的資料，對於現在正具體在調查甚麼，我絕口不提。但有了他的資訊，我演得更順利，也從他那兒取得了一些有關蘭姐的資料。

「蘭姐是一個鄉村姑娘，因想像香港是人間天堂，於是跟隨同鄉姊妹偷渡到香港。由於人生路不熟，又沒有身份證，且鄉音甚重，難以找到工作，她只好跟隨一同偷渡到港的姊妹在色情場所尋找生計。後來不知道幸或不幸，『大佬』的光顧成為蘭姐命運的轉捩點。『大佬』比她年輕，可能是貪圖蘭姐的美色，很快便與她產生感情，繼而成婚，令蘭姐取得香港身份證。」阿蘇在某次見面時詳細地告訴了我有關蘭姐的出身。

為了更好地了解蘭姐，以便快捷結案，我和老鬼也嘗試找出更多這集團的細節。一天老鬼向我報告：「婚後，蘭姐下定決心，要做一個好妻子、一個幸福的家庭主婦。可惜好景不常，『大佬』的風流性格很快便故態復萌，他結交上幾位年輕女友，冷落蘭姐，蘭姐開始過着活守寡的日子。於是，她想盡辦法要獲得『大佬』另眼相看。在當時的新蒲崗大磡村一帶佈滿了不同字頭的大小拆家，連『大佬』的兄弟也只是其中一個小拆家。蘭姐深知『個餅』只有這麼大，而競爭者眾，但她是個十分聰明的女人，憑着『大佬』的勢力及江湖地位，她策略性地把其他拆家一一趕走。到最後，蘭姐一躍成為這片『油水』地區的唯一大拆家。」

※

一天，高佬讓我晚上到附近一處籃球場等候，安排了我多取些貨！Martin 與我一直用 call 機聯繫着。我從 11 點等到凌晨 1 時多，仍未見有任何人出現（其後才知道我一直被人監視着，幸好我和 Martin 説了當晚一定不要直接接觸）。他擔心我中伏，每過半小時就發訊息給我，讓我馬上撤離那兒，但我仍堅持着。到了大約 1 時半，終於有人來了。

「不好意思，路上有些阻礙……給我看看你的 call 機可以嗎？」

「甚麼？噢，可以呀！」

其實我們用了暗語，給他看又有何妨？

「……我這兒有半磅的貨。」

慢慢的我從幾包到了連續每次可買半磅。有一天在毫無準備的情況下，高佬突然出現。

「現在和你去見蘭姐好嗎？」

蘭姐嬌小的身型與她的氣派完全不符。她真的很有「大家姐」的風範！我們首次面對面傾談，我仍然買了半磅貨。

離去前她溫馨地説：「生意興隆、愈做愈大噢！」

3.4 峰迴路轉

有一天，接到報案室（RC）通知，有一名梁姓投訴人到報案室舉報：「黃大仙警區 SDS（Special Duty Squad，特別職務行動隊）第一隊與毒犯勾結，包括做『大龍鳳』、向拆家收『片』（賄賂）、抽起部分白粉向拆家售賣等。」

「好！我立即派人過去。」

當時在我面前是一名頗英俊的、留了兩撇小鬍子、穿獵裝皮鞋的中年男子，身上是幽幽的古龍水的味道。他會是道友嗎？不像！

　　「梁先生，你說的貨是從哪裏來的？」

　　「鑽石山、橫頭磡、新蒲崗一帶，都是向蘭姐取貨的。」

　　我的心砰然而動！

　　「黃大仙第一隊負責粉、第二隊負責賭！」

　　「你認識第一隊的甚麼人？」

　　「全都認識！他們每半年調職一次，上幾次的人我都認識。現在負責的是陳沙展，聯繫人是 PC『大傻』。」

　　我心裏想，真的那麼走運嗎？這是「籠裏雞做反啊！」

　　「我可以提供消息，讓廉署跟蹤及蒐證。我也願意到法庭當證人。」

　　「當污點證人不是你決定的。首先你提供的消息和資料必須有用，還要看你在案件中涉及的情況是否需要你出庭給證供，以及你的證辭的重要性等。經過我們分析並認同，再獲得律政司的同意，才可當污點證人。還有，我們只會向法庭提出你在破案中的重要作用，至於是否能夠獲得減刑，是由法官決定，誰都影響不了。」老梁表示明白。

　　「你和警方及蘭姐的集團都有聯繫？你們之間有些甚麼安排？」

　　「由於蘭姐的『大本營』位處地勢刁鑽的地方，警方很難做到人贓並獲。但每次『洗太平地』，或多或少會影響到蘭姐的生意。既然如此，不如有計劃地互相合作和安排。蘭姐與這些執法人員互有默契：蘭姐定期安排『道友』在指定的地方讓有關執法人員拘捕並在其身上檢獲毒品，以換取執法人員減少巡視鑽石山一帶。這是一個雙贏的局面：有關執法人員能定期

交 CASE『跑數』，而蘭姐則可以安心地『做生意』。我名義上是警方的線人，我會安排牽線讓其他拆家從蘭姐處取貨，然後通知警方。警方抓人取貨後，只會上報三分之二的白粉作證物，三分之一交給我散貨，賺到的錢，扣除線人費，要交給『大傻』。」

「你為何要來投訴他們？」

「我認識的拆家這兩年來都已經全部被抓過，有些不只一次了！警方有可能要『換馬』（換別人替代他），到時候不知道會發生甚麼事情。我知道得太多了，警方一定要『整』我；而我得罪了那麼多拆家，也是要想想如何自保啊！」

第一次見面很順利，他提供的資料剛好補足了很多我們過去從臥底行動中拿不到的資訊。但我們需要的不只是情報，還需要摸清他們的運作細節，還要取得證據。我申請了使用公署租用在富麗華酒店的特別行動房間作為與他見面的地方。那兒環境好，人在那兒可以較為放鬆，可長時間錄取口供。我花了七天，每天超過八個小時（當然中間有無數次的休息、用餐和喝茶時間），把很多事情都查詢得很詳盡。

我知道這一類人並不可靠，十分反覆。所以從第一天接觸他起，便將每個細節都詳細地「落 notebook」（把一切都記錄在記事簿中）。

老梁的記憶力超強。他可以把前幾次的第一隊負責人、隊員，那一天做了甚麼事，全部說得很清楚，所以足足說了七天。其實他也想顯示自己的重要性，所以有些地方誇大了，我們需要指出和糾正。也有些內容是重複的。雖然他大多只知道這些警察與拆家的別名或外號，但透過他的詳盡描述及提供的資料，已足夠我們確認所有嫌疑人物。我們向律政司申請把他列作此案的污點證人，很快便獲得批准。他也是我們的重要線人，在

廉署內稱他為 Summer_7。

「老梁，我們在富麗華那幾天及其後的這段時期，你經常說有事而要離開片刻，我知道你要去做甚麼，其實你已經包裝得很好了。」

他終於承認自己是去「上電」（吸毒）。我向 Martin 報告了這事，亦提議他護送 Summer_7 到一家私人醫院進行換血手術戒毒。

這事得上司快速批准，而 Summer_7 也成功戒除毒癮。

3.5 黃雀在後

「你現在是案件的證人，需要入住『安全屋』，我們會派人 24 小時陪着你。」我跟他說：「這位是技術服務部的同事，日後他會負責在你身上安裝錄音機或無線電發射機的。」

TSD 開始在他身上安裝設備。

在鑽石山的臥底行動和透過 Summer_7 取得資料的工作要雙線發展。這麼龐大的行動，每天出動的支援人數不少，還有幾台車輛，所以要設立一個行動基地作調配人手及作為中繼地點。

「Stephen，你建議的地方不錯。」Stephen 是我的新隊員。「橫頭磡既近，亦遠；行動起來能快速趕到，但又遠離 suspects（嫌疑人）的活動範圍，比較安全。」

「我是孤兒，是由姑母帶大的。她的兒子現在在國外讀書，短期內不會回來；姑丈剛去世不久，房屋署尚未再分配，所以目前她一人獨居。我們有一個房間可用，客廳也可以。她很疼我，知道是替廉署工作她就馬上答允。」

我們在那兒設立了通訊基地。每次有需要，Summer_7 就到那兒「裝身」（裝上錄音機或無線電發射機），他會在那兒見我及從那兒出發見拆家。「狗仔隊」負責拍照，Summer_7 替我們在交易中錄音，而一切交易又都盡在廉署的監視之下進行。

這天我在看錄影帶的時候，突然看見一個很熟悉的背影，那是蘭姐團伙裏的人。他正在跟隨着 Summer_7 和監視他和一名拆家的交易。

「Sir，這位好像是他們的人……」

「我們知道呀！別擔心。經驗告訴我們，犯罪集團也是極其小心和高度警惕的。他們疑心重，連自己人也不信任，所以有時候會派人試探、跟蹤等等。但我們已發覺了，所以他的動作也在我們的錄像之中。這叫螳螂捕蟬、黃雀在後！」

※

為了行動的安全，我覺得一個中繼地點還是不夠，我們還要多找一個地點會面和交換情報。而且，Summer_7 賣了毒品要交錢給「大傻」，所以要多一處地方才成。

「這裏好啊，在這兒覆 call，『大傻』雖然可以馬上找出地點，但顯示的是理想酒店，他不會懷疑的。」

在那個沒有手機的年代，打了別人的 call 機留下口訊，還要留下一個電話號碼，讓對方覆 call 的啊。所以我和 Summer_7 及另一名女同事 Mandy 一起前往九龍塘租住理想酒店的房間。

「先生，你們兩男一女這種方式我們老闆說過不接受的……對不起，聽說以前出過大事！」

「噢，是這樣的，我們要兩個房間，我倆是一對的，他的女朋友還未到，老梁，我們先上去，你自己開另外一間！」

有時候我們也在這裏活動，主要是有需要 call Summer_7
及待他覆機；另有些時候，他會到這兒和我交代情報細節。他
散貨的對象也包括了我在公爵酒樓認識的拆家。蘭姐見我與
Summer_7 熟悉，也更放心與我交易。

由於有 Summer_7 的配合，整個案件調查進展順利。狗仔
隊跟蹤他及他所提供的其他拆家資料，拍照、視頻都錄取了，
控罪的各個構成部分都取得足夠的證據和錄音。警方與蘭姐兩
方面如何勾結等都資料齊備、證據確鑿，是收網的時候了。

3.6　木馬屠城

「我想用『木馬屠城記』這一招，因為通往蘭姐的老巢需
要走一條很狹窄的斜路。行動中主要由我的隊員捉拿蘭姐，我
們用貨車送貨到雜貨店──」

「鷹嚦煉奶！」小黃與我合作了一段時間，聽我提過，果
然明白我的心意。在這段期間，他也把附近的地點、位置、斜
路兩旁的情況，全部描繪了，這對於此次行動起了莫大的幫助。
我們互相微笑點頭，我再向 case conference（案情會議）中各人
解釋。

那是一個陽光燦爛的下午，我申請了十個小隊，每隊四人，
準備來一個大型圍捕。為安全起見，還有火槍隊隊員支援。

「那裏是很窄的斜路，一般傍晚 6、7 點左右有貨車落貨，
我們決定裏應外合。斜路之上小巷太多，他們極易逃脫。而且
他們一察覺有生面孔出現便會立即四散，所以我們會租用與平
時一樣的貨車，務求一擊即中。我們派人假裝運貨到兩旁的店

舖，當貨車駛到擔擔麵館前，我會帶同幾個人去抓蘭姐，她應該正坐在路旁角落處與人閒聊着。當『天文台』確認了蘭姐的所在地點，我們才行動；其他人則立刻從路口殺上斜路抓捕其他嫌疑人。」我在 Operation Briefing（行動規劃發佈會）上逐一講述行動的細節。

「負責做 search（搜查工作）的同事請注意找尋一些黃色的小記事本，每冊都是手寫的一大堆數字和暗語，那是他們的交易紀錄。」這次行動中，Ricky Chong 是我的副手，他繼續協助和各小隊解釋。

「疑犯的照片、資料都在 file 裏，各小隊編號與 file number（檔案編號）及分配車輛的編號相同。請大家認清楚各自手中的照片人物。」我在 briefing 交代了整個行動的程序大綱。

「有沒有問題？如果沒有問題，現在請每個小組各自討論細節配合。」

……

「現在對錶，是下午 5 時 30 分，請各位交出所有個人 call 機改用公署的（那是當年大型行動中慣用的一個保密程序）。請大家試機，包括 call 機和無線電。接近目標地點前我會在無線電中提醒大家改用耳機，以免發出無線電通訊聲音而引起注意，請大家務必小心。」

……

……

到了 6 時 30 分，「天文台」經無線電機傳來訊息「confirm！」（確認）。

我立即回應：「Hotel 3284 現在上去了！」（Hotel 代表車，3284 是我的貨車車牌，但外面掛的車牌號是假的編號。

貨車隨即轉入斜路，緩慢地向上開動，街上平時的這些「熟

人」都很自然地往路旁兩邊散開。我與老鬼陳藏身於司機位置的後面，窗簾半垂，所以從外面看不到裏面。整個 Section 的隊員十多人都在車上，包括 Martin，而 driver 莫則藏身在車斗的紙皮箱後，車斗門口位置是兩名挑選過的苦力模樣的同事。driver 莫是臨時由我提出徵調作這次任務的前鋒。

「停！」這一聲停亦代表要出手了。

車斗的門打開，兩名「運輸工人」跳下來把幾箱煉奶搬到地上。我從車上一躍而下，已沒空顧及其他同事此時在做甚麼了，只管衝向蘭姐，一把抓着她的手臂就往貨車方向拉，她屬下的七、八名大漢立即擁上前來。driver 莫果然是有功夫底子的大師傅，身手不凡，他負責先擋着這七、八人，我的組員再往前把他們逐一制服在地；同一時間，當蘭姐的其他下屬再往上奔過來時，紛紛一腳踏在正向下滾的大批罐裝煉奶上而跌倒或受阻。

此時，其他廉署同事已從下面路口跑過來並協助把疑犯一個一個戴上手扣。

⋯⋯

⋯⋯

⋯⋯

24 小時過去了，十幾個房間傳來的，沒有一個是好消息，竟然沒有一個人「爆」（認罪）。

3.7 柳暗花明

「Ricky，蘭姐想見你。」我在辦公室內假寐片刻又被喚醒了。我心想她不認也得認，甚麼證據都有了，還想抵賴？

「許先生，你藏得很深啊！」經過一天一夜，蘭姐仍然是那麼有氣勢。

「既然是廉署，我選擇跟你們合作。正所謂：花無百日紅！警察能罩着我們的日子看來完了，世界變了！」她又頓了一頓，「我這邊的情況你是很清楚的。既然出動到廉署，想必是要警方那邊的材料吧！」

蘭姐把這幾年來如何跟一些警務人員勾結，人物、賄賂數字、大約交易日期，安排「大龍鳳」的詳情等，全部供認。

※

兩天後的一個週末上午。

「Sir，RC 打電話來，說黃大仙警區一位 Mr. Brass 來了，說想見見你。」

「黃大仙警區？那麼你去帶他來會議室吧！」

「我是黃大仙 SDS 的負責人。」

後來在傾談中，他透露自己從英國調任到香港數月，還未confirm（未過試用期）。

「你沒有足夠證據就抓了我的人，然後拘押起來慢慢查，這也太霸道了吧！事前也不通報一聲，我整隊人突然沒了，你們要辦案，我們的案件是否就不需要辦了？你有甚麼解釋？」

他是讀法律的，所以開始與我談法律觀點。

我拿出一張兩米長的紙放在會議桌上，那是由幾張 A4 紙併合起來的。

「6 月 12 日，抓到一名道友，充公三包，實際上是抓到一名拆家，是十包。」我唸的時候，他初時遲疑了一刻，然後突

然從懷裏飛快地掏出一本小冊子。

「6 月 26 日，抓到另一名拆家，充公五包，實際上是十五包。」這位 Mr. Brass 不斷地翻他的記事冊。當我讀了幾個日期和有關的內容後，他才認識到事態的嚴重性，頹然往後靠坐在椅子上。剛才的氣勢也不見了。

「我剛來香港不久時已略知一二，但他們的整體運作非常複雜，實際的社團人物我不會接觸也並不認識，所以一直不敢做 whistle blower（告密者）………好吧，我估計你們也需要我的供辭的，我可以配合調查，我希望你知道，警隊裏也有些不想、也不會貪的人。」

這名警務人員在此案的角色亦很重要。他隨即給了我們一份很詳盡的供辭。有了他的指證，警方的嫌疑人員被定罪的機會更高了。

3.8　正義彰顯

Mr. Brass 提供的資料和我們的錄音、拍照和證據完全吻合，而他也因此不需要在其他人的控罪中當證人。他亦承認自己知情不報，最終被控妨礙司法公正。由於他主動歸案並認罪，雖然被判九個月，但獲得緩刑。宣判當天我們安排了他直接飛回倫敦，以保障他的個人安全。

因為 Mr. Brass 的認罪，連帶一名 SDS 的隊員也認罪了。其他警方嫌疑人員相繼被控受賄、防礙司法公正、販毒、盜竊等不同罪名，全部被定罪。

律政司第一次特赦了四十多名與案情有關的道友。他們分別被拘捕、認罪及作供。

Summer_7 指證的人很多，包括蘭姐、警方人員及拆家，多次出庭當污點證人，太危險了，我們已知道有江湖追殺令要取他性命，而且，尚有兩名重要的大拆家「大炮」和「祥哥」還未落網。消息來源頗可靠，所以廉署與移民局（現稱入境處）商議後，安排了一個新的身份給 Summer_7，廉署也給了他一筆可觀的獎金，還安排他移民至他選擇的地方——台灣。

　　幾個月之後，我被推薦升級面試，很幸運，第一次就已經過關，坐上了 Section Head（小組組長）及 Chief Investigator（總調查主任）的位置。

　　這是廉署第一次正式用「臥底」的方式調查案件及蒐集證據。事後察覺有很多準備不足的情況，兼且 UC 經常會跟廉署失去聯繫，後援又不足夠，所以一切工作都要檢討。

　　總體來說，案件是成功偵破了，但在成功的背後，是一群兄弟的奮不顧身，他們擁有迎難而上及鍥而不捨的精神。這也側面反映廉署成功的背後原因。

　　從此，「迎難而上」及「鍥而不捨」這兩個形容詞，更不斷出現在各類描述廉署的書籍之中。

鍥而捨之，朽木不折；鍥而不捨，金石可鏤

——《荀子‧勸學》

可公開情報

☑ AG 即 Attorney General，律政司，現稱 DOJ 即 Department of Justice

☑ 黑社會裏的職位：

- 四八九：社團主事人（坐館），有家族世襲，也有數年選一屆
- 四三八：香主／先鋒（二路元帥），負責會中升遷、禮儀
- 四二六：打手（紅棍），負責武鬥，最能打的會被尊稱為「雙花紅棍」
- 四一五：軍師（白紙扇），負責策劃、文職、財務（管賬）
- 四三二：公關（草鞋），負責內外聯繫、談判、情報、跑腿
- 四九仔：基本會員（馬仔），入會三年不獲升者叫「老四九」
- 藍燈籠：有意入會但未經儀式者

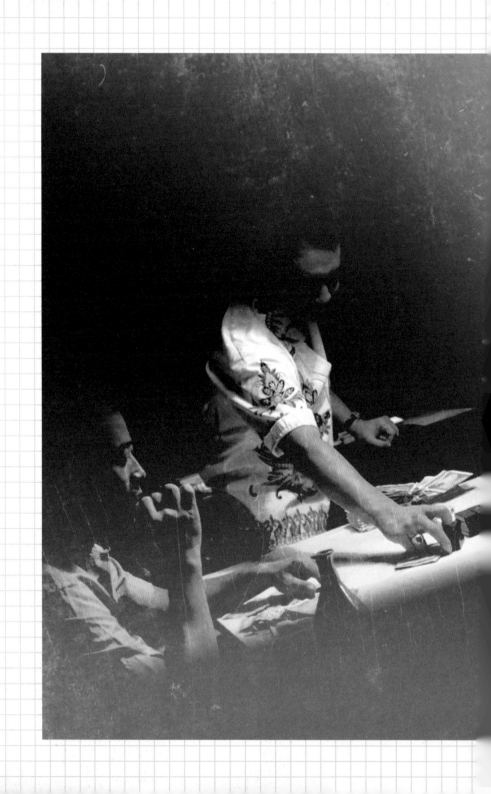

第四章

天仙局

4.1 老千集團重出江湖

在黃大仙毒品一案中，由於廉署每個調查環節的程序都得到法庭的認可，廉署的「臥底」調查工作也得到律政司和廉署高層的認同。

不久，新的案件又來了。

「有幾名國際知名的華籍職業騙子，他們過去合縱連橫、馳騁於拉斯維加斯、摩洛哥及澳門，由賭場內到賭場外，賺了不少。他們最近都退休回歸香港了，但不甘寂寞，頗為『技癢』，於是大家回應其中一人的號召，重出江湖，為的不是金錢，而是『過過癮』！因為有警方勢力包庇，所以感覺很安全。」我把新的案件概括地描述一遍。

「你說說投訴的具體內容吧。」Martin 問。他那時已經是 Acting Group Head（署理首席調查主任）。

「投訴人是一名四十多歲的男士，開酒樓的，由朋友介紹與十多名其他人士一起聚賭。當他們發覺有問題，懷疑有人出千時，在場的一名男士立即表露身份，自稱警察，並通報警署派人來把他們全抓了，但最後只有賭客而沒有莊家被控告。」

「你有甚麼破案之法？」Martin 再問。

「我正考慮採取雙線調查。一部分同事一如過去一樣進行調查，但我亦想用臥底方式從『老千局』（騙徒集團）內部瓦解他們。」

我覺得人手不足夠，早已申請了增加調查隊伍的人數，但 Martin 一直未有確切的回覆。

4.2 徵集訓練精銳之師

過了一週，這天 Martin 跟我說：「你要求成立一隊受過特別訓練的臥底人員這件事已得到 AD 的同意。你去找一些合適的同事，人數方面我們沒有甚麼意見，你同時要做一份建議，包括如何安排他們接受特殊訓練，主要應該包括 UC 需要有哪些方面的知識、人員的匯報程序等。盡快草擬好你的初步計劃，直接向我報告，我安排其他後續工作。」

這是一項「空前」的工作，沒有具體的規則和制度可循。

「我覺得需要訂立一些規則。例如，為了安全，每位 UC 應該是單向、直接地向上一級的同事聯繫。那上一級的同事或稱為『上線』（handler）。UC 需要寫 notebook。」我跟小黃和 driver 莫討論着如何建立起一支 UC 隊伍。

「我感覺很多時候不方便寫 notebook，那太危險了。事後定期補寫或者可以，但不需要規定每天寫，要彈性處理。」老鬼陳、driver 莫和幾名同事熱烈地討論起來。

「但定期報個平安也是需要的。要與 handler 保持聯繫。」那個年代，聯繫的方法很簡單，沒有手機，只能用字條或傳呼機。

「不能參與非法活動，否則必須要有合理解釋，而且要盡量把影響減到最低！」

「毒品、槍械等，絕不可流出市場！」

「我們要設計一套自己的暗語，以方便溝通。」

「要時刻安排其他同事作支援。」

那兩個星期我非常忙碌，包括擬訂計劃書、培訓內容、日後的運作方式及內部溝通程序等，連暗語辭典都做好了。Martin 很滿意整個體制和嚴謹的運作程序。經過了一段時間的安排和

組織，一小隊臥底尖兵終於出現了。我們成立的那天本來打算邀請 AD 出席並舉行一個簡單儀式，但 Martin 卻要求「愈簡單愈好」。

「最好盡量低調，我要的是絕對保密。」Martin 說。

隨後我安排了一些 briefing 和訓練課程給我的團隊，並且親自主持、口傳心授。

「我們甚麼時候決定用臥底方式調查？」

「問得好！基本上我們不會用這個調查方式的。但如果已經用過一般調查方法仍不能突破，在評估所有風險及形勢後，認為只有此法，便可向部門建議。如果是潛藏於犯罪集團的，有可能會牽涉到一些 on-going crime（在進行中的刑事行為），還可能需要徵詢律政司，才可以開始。」

「我們在哪兒上班？」

「在平常日子，你們仍然是屬於不同 Sections 的調查員。在有需要行動時，我們會透過正常渠道從上級手上把你們借調過來查案。我們的 need-to-know basis（需要才可知原則） 行之有效，而且每位 UC 只能向你的 handler 報告工作，一概不能向其他人透露。」我在一個 briefing 裏向各隊員陳述細節安排。

「你們平常上班是一個模樣，但當 UC 時，有需要的話，會有新的打扮，可能要化妝，也會有新的個人身份，包括全新的身份證。這些當然不能跟家人說，連最親的家人也不行！但不是每次都有此需要，看案情而定。」

「我們要接受甚麼訓練？」

「像黃、賭、毒的知識以及黑社會中人的慣用暗語等是最基本的。」小黃補充說。

「你懂摩士密碼嗎？你可以說出一般電話機上的號碼編排位置嗎？你可不可以閉上眼睛也能正確撥打一個電話號碼？你

能在五分鐘內打開一般保險庫的密碼鎖嗎？」老鬼陳微笑着向一些新隊員炫耀。

「老鬼，我們都是同一隊的。別吹！請大家記着我們是調查員，要不忘初心。找出嫌疑人的罪證才是我們的工作目的，無論學甚麼都只是方便我們扮演角色，不可邯鄲學步，貽笑大方。」我說。

「需要訓練技擊嗎？」

「不必，我們這工作是鬥智而非鬥力的。你要信任做支援的同事。」

我向他們解釋，每一次出動的時候，其實附近總有其他同事監聽着錄音，甚至有人在拍照或錄像。

「You are not alone！」（你並不是孤軍作戰的！）

連同我在內，整個 UC 小隊暫時共六人。這個人數很難說夠不夠，要看遇到甚麼案件。但按我心裏的盤算，是希望再多三、兩位的。

這天我又在課室講了一個多小時的卧底工作。

「吸毒的時候，我們用 TSD 特製的吸管，可以不吸入毒品，但錫箔上的白粉就不會減少，這就會露出破綻，我曾因此『黃』了，所以你們要用這包假粉，把它摻進去，加熱時便會氣化，使錫箔上的白粉看起來不斷減少，旁邊的人就不容易發覺了。」

4.3 自此被稱為大俠

某天，我前往灣仔 District Court 落口供。完成後，便步行至六國酒店喝下午茶——我知道黃大仙毒品一案中兩名漏網之

魚──大拆家「大炮」和「祥哥」──偶爾會在那裏喝下午茶，眼下既然有空，不如一碰運氣。

果然運氣來了！我才坐下不久，便看見「大炮」和「祥哥」出現，兩人坐在靠近門口的卡位。我馬上致電 Ricky Chong 到六國酒店支援。怎料 Ricky Chong 尚未趕至，兩個目標人物已結賬並打算離開，出了門口。

我快步跑了出去，幸好我天天跑步，所以跑一段距離難不倒我。我在後面一直追着，追到了一條小巷，在後面大喊：「別再跑啦，馬上停下來，否則我開槍啦！」

他們倆終於停下來。我用手按着腰部，要他倆面向牆壁蹲下來，並且把雙手放在頭上。我看見有一部手推車放在路旁，上面是剛拆卸丟掉的卡板和紙皮箱，還有幾條繩子。我就地取材，用一根麻繩反綁了兩人的雙手。

這時 Ricky Chong 和趕來的同事也已到了，他們改用手扣鎖住兩人；然後車也到了，我們就把疑犯抓回廉署總部。

「我是大俠霍元甲──啊不！我是大俠許家民，你們不許動！哈哈哈哈──」

我的心情很好，下屬的揶揄與調侃，聽起來反而更像一種稱讚。其實我哪裏有槍？但當時情況危急，彈性的變通總該有吧！還好市民只知道廉署人員佩槍，但具體甚麼人員在甚麼情況之下才能佩槍，一般都不清楚。所以我這麼一喊，兩名疑犯真的就停下來了。從此以後，其他同事都給我加了一個外號「大俠」。

「唉！你倆是幹啥的？」就在大家談笑時，我看到辦公室內多了兩名不認識但又好像在哪裏碰過面的男士。

「許 Sir，我是 Patrick Fok，我的上司說你要找我！」

「我是 Marco Sousa，也是來報到的，Sir！」

原來他們是其他同事推薦、我正想要邀請加入臥底行列的另外兩人。前者貌似大老闆（後來才知道他背景不錯，屬中產家庭，妻子外家開海味雜貨店），而後者外表天生就是當老大的面相，還有，很帥，大眼睛高鼻子。他是中葡混血兒，在澳門出生，中文名字麥守法，十歲來港，聽他的口音就是廣東人！當我還在處理抓回來的兩名毒品拆家的時候，他倆就在這兒聽我的隊員講述黃大仙毒品案的破案過程，感到非常精彩。

「如果你們加入，可能就是要做類似的工作，但請記着，我們不是在演戲，別以為這很刺激，稍有差誤，是會丟掉性命的。」我很鄭重地跟他們說。

就這樣，我集齊了心目中需要的隊員作重點培訓，以應對老千集團這宗案件。

4.4 佈局引蛇出洞

我們分別扮演不同的角色：

我是一家新蒲崗製衣廠的大老闆（黃大仙毒品案之後，我對新蒲崗的每一條街道每一個檔、舖，全都瞭如指掌。製衣廠是一名同事的家族生意，我在事前做了功夫，世伯還真的以為我很有興趣合作，轉讓了 25% 的股權給我並替我印了名片。）

William Tang，「炮艇」，是「有背景」的大佬；

Tony Pang，「阿牛」，是金融期貨高管；

Patrick Fok，「霍爺」，是海味生意老闆；

Leo Wong，「小黃」，是銀行高管；

Anthony Cheung，「阿松」，是旅行社老闆；

Driver 莫，「車房佬」，是開車房的；

Marco Sousa，是餐廳老闆；

Ricky 仔，「腦王」，做電腦生意。

另外兩人老鬼陳和 Stephen 不出面，是隊員之間的聯絡人及做支援工作。Stephen 雖然是受訓臥底之一，但他前些日子被徵調加入一個 task force（專案小組），已調離我的小組一段時間，一直被專案小組的案件糾纏，缺席了一半的課程，剛剛才正式回歸 UC 小組，所以安排他先做支援。

「Sir，雖然我們都上過課，但不是真正很懂得如何去賭的。」

「放心，據投訴人說，他們只玩『牌九』，一共開八門，很容易上手的。我會安排一些有關賭牌九的課程給大家。」

我在寶雲道租了一千多呎的地方，對外聲稱是「金屋藏嬌」之處，平時只帶些女朋友到這裏風流而已。這個金屋已經安裝精密錄影及錄音的器材。在屋內範圍的所有活動都會被錄影及錄音。

同一時間，隊員整天在研究琢磨自己要扮演的身份和背誦有關的背景資料。他們不需要練騙術（老千技巧），因為他們是賭徒而已，不懂騙術。

「最要緊的，是你們要把自己融入身份背景之中，相信自己就是那個人。你們從今天開始全部以 UC 身份互相稱呼，並且行為舉措、言語等等都要改變。」

「Yes, Sir ！」

「唉，不對，不對！從現在開始，請大家都把這種應對方式忘了。萬一我講話之後你們來一聲『Yes, Sir ！』那怎麼辦？豈不是『穿崩』了嗎？」

我們也邀請到真正的專家教我們賭博。他們是國際刑警名單上當年在香港的 56 名專業老千的其中兩名。他們已經退休，在香港並無犯罪紀錄。我們成功游說他們當我們的線人，提供有關其他老千的消息，並「出山」教授賭博技巧，這樣我的隊員就能演得更像樣了。據他們說，那 56 人之中，起碼有約一半，即二十多人涉及在這宗案件中。但這些老千現在都生活無憂，有幾名還擁有遊艇。

　　阿松和我很投緣。我們像兄弟一樣。他和其他同事不一樣，他稱呼我 Ricky Sir 而非許 Sir，其後更直呼我大俠！有一天，他

第三排左一是 Ricky、左二是阿松、中間是 Marco Sousa；尾二一行左一是炮艇

跑進我的房間，神神秘秘地把門關上了。

「Ricky Sir，有件事情我不吐不快！」

「甚麼事情？說呀！」

「我自忖對於賭博有些天賦，贏多輸少的。」

「是嗎？！」

「我看這兩名老千教的，有些保留，所以我們裝得不像，很容易穿崩。」

「會嗎？」

他環顧我的辦公室，看到書架上有兩件壽山石的圖章，尚未雕刻，是兩件擺設。他一手拿了過來。

「如果這是兩隻牌九，一名賭徒會怎麼把弄？」我一時間也不知如何回答。基本上我懂怎麼玩牌九，但我不知他指的是甚麼。

「他們會有這種手勢和習慣。」他做了一個示範的動作。這個動作很熟悉，我也曾經看過，但不會做。

「噢，原來你真的很懂。那怎麼辦？要不要他們都練習？」

「我覺得要。而且不單只學會這一個手勢，我有很多東西可以分享，包括賭徒的心態、臉上要如何表達輸贏的不同情緒等。賭徒都信邪，所以輸的時候會把面前的錢重新擺位、要上洗手間、要喝茶，總的來說就是一些八卦小玩意和動作！我會一一向其他同事解釋。」

我很高興有他的參與，心想，這次大事可成矣！

「許 Sir，你要找的其中幾名 targets（目標人物）近日又再出現在他們的『竇』（窩）了，在旺角的美而廉餐廳。」這兩名線人描述了他們的特徵，還提供了部分人的照片。我知道可以開展行動了。

4.5 多方周旋小心翼翼

當 Stephen 在處理一些文件，調動車輛和申請撥款時，我則連續幾天和不同的「朋友」（我的臥底隊員）在午餐及下午茶不同時段出現在美而廉。終於某天在沒有位子的情況下跟其中兩名老千「搭枱」（併桌），我當然不會放過搭訕的機會。

隨後的兩週之內，我們見了好幾次面，閒聊中他們知道我是做製衣生意的，有樓有車，在寶雲道有一個單位，清靜、可開 party，但是我一直守口如瓶，不願意透露太多有關該單位的情況。

「你的老朋友說他有一個單位在寶雲道啊，你不知道嗎？」他們問我身旁的霍爺。

「你們自己問他吧。」霍爺故弄玄虛，還瞟了我一眼。

「那是人家金屋藏嬌之處，我都沒有去過！」阿松在旁插了一句。

他們一再打聽，說要找一個好地方讓大家可以聚一聚。

這樣又過了一個多星期，那天我獨個兒在吃午餐。

「怎麼今天只有一個人？」

「他們都在忙。平常我們約了在這兒，然後去不同的地方娛樂，每次可能到其中一人的家裏。」

「甚麼娛樂？」

「搓搓麻將而已，或者十三張吧。」

「那有甚麼好玩的？懂不懂牌九？」

「不是每一個都懂，所以不玩！」

「他們都沒有到過你的『金屋』？」

「這些都是酒肉朋友，我只是想玩玩，贏些錢，為何要帶他們去我的『那個』地方？」

「那我們可以參觀你的大宅嗎？」

我先表現得有些遲疑，然後在他們的要求下還是答應了。原來他們早已準備了一輛車，我們便直接驅車到寶雲道的屋子看看。

他們很小心，察看了屋內的每一個房間。當然不會發覺到TSD在房子各處安裝的器材。

「你女友很漂亮啊！怪不得你要多贏些錢了。」

「我最近花費的確很大！」

他們看到每個角落都有我與一名女子的親密照，那是為了這案件而特別邀請了一名女同事假裝成我的女友與我合照。為了更逼真，我在錢包裏也放了一張同樣的照片。就是這張照片，

我與妻子差點兒鬧離婚。我以為這樣應該可以讓他們相信，卻原來我只是一廂情願。

這樣過了幾天，甚麼消息都沒有。然後那天早上剛回到辦公室，電話突然響起，是跟蹤隊隊長的來電：「Ricky，如你所估計，targets 連續兩天都花了很長時間在寶雲道徘徊。現在他們正在現場。」

我即時換上運動服裝，由 driver 莫送我到寶雲道。在發現兩名老千後，我在相隔一段距離處下車，然後向着他們跑過去。我低着頭假裝沒有看到他們，他們也沒有特意跟我打招呼。

接下來連續幾天，我都在那兒過夜。每天早上 9 時半在樓下跑步 45 分鐘。

這樣又過了幾天，這天中午我剛出現，兩名老千在美而廉門口就拉着我上他們的車。「有些事情跟你談談。」

沿途我們在車上聊着。

「你想不想贏他們更多？」

「怎麼個玩法？」

「你有地方，又想玩，又想贏錢，可當我們的『來手』（帶客人來的人），我們有警方罩着，每次都有 CID『雜差』（便裝警員）在場，加上一、兩名『師妹』作為分散注意力的角色。我們有時贏、有時輸，都是可以控制的，長遠嘛，又有得玩，又一定贏。」

「那要出老千？我不懂的！」

「你不需要懂，交給我們做。你既然已經提供了地點，還當了『來手』，那你就算是合伙人，每局之後我們馬上結算，你可佔 20% 的紅利。」

「如果被識穿了怎麼辦？」

「你要多帶些不同的人來，那就不會太明顯。每次人數和

組合不同，我們這邊有很多人，每次參與的都不一樣。賭客有贏有輸，不會被發現的。如果出了問題，就由警察出場了。他們會即時表露身份，說是來調查非法賭博的，然後把我們全抓了，並控告其他在場的賭客。但我們不會有事的，當天就會被釋放了。當然我們都不希望出現這樣的情況，因為出了事就要重新組織，也要換地方，太麻煩了。」

「還有，為了添加一點兒氣氛，在開賭前的飯局中，也許會喝少量啤酒或紅白餐酒，但不會喝烈酒，以免有人喝多了會添煩添亂。所以，請不要帶『貪杯』之人來。我們要控制風險。」

「明白了。」

「這樣吧，你要帶七、八個以上的人來，我這邊四、五個，其中兩人落場。警察不賭的，他們只會作監場。如果你帶來的人中有比較貪心的，你可以哄他說他也是這場賭局的伙伴之一，我們一起騙其他人，但實際上這個人也是我們的目標，最終也要輸錢，這招叫作『千上千』！」

「這就是江湖上說的『天仙局』？」

「噢，你也聽說過？」

我表示可以考慮。

一週之後，他們終於再打電話給我並約定了第一次開局的日期。

4.6　三路人馬連場大戰

我們約好了第一次開局之前在新同樂吃晚飯，為爭取時間，定在傍晚 6 點。除了我，還有小黃、腦王、阿松和霍爺。在最

後一刻，我還加入了 driver 莫，一共六人。

我在新蒲崗毒品案的圍捕行動中，第一次選用了 driver 莫，莫時富。他擅長武術技擊，故又被稱為「師傅莫」。但另一方面，他原來也是牌九高手，所以這次又要他再度出馬，如果他演得像，可給對方多些信心。

「只有六人？」

「平常我們搓麻將的，一時間轉玩牌九找不到那麼多人啊。」

那名 CID 很小心，他們和我們交談的時候，不經意地談到我們的背景及行業，其實是在核實各人的身份。其中銀行工作和電腦生意估計他們也不太懂，比較難於問出一些甚麼，所以如我所料，他們問了阿松旅遊的資料和價錢，對 driver 莫的問題最多，但又怎會難倒他呢？

「大修連這個都要拆掉嗎？」他們追問 driver 莫有關汽車維修保養的各種細節。

「對啊！而且我們會把『盤頂墊』（氣缸頂的墊圈）全部換新的，夾縫要研磨，這才不會洩氣，修好的車子在起動時的力量會更充沛。」我在旁暗笑，心裏想，你們這是在浪費時間，driver 莫可以跟你談三個小時的汽車常識呀！

就這樣子，賭局中有老千和廉署人員，還有警察監場。

第一次我、小黃和阿松三個小勝，另三人大輸。老千一大勝、一小負。戰果沒甚麼可疑，但我知道他們在桌底之下換牌。不過他們真的是高手。若不是他們把我當成自己人，我應該沒有機會看到。他們讓我看，是讓我更有信心，知道最終會贏很多！我們在「賭客」走了之後馬上結算，並在那兒「分豬肉」（分紅）。

第二次是五天後。這次我再多帶兩人，包括炮艇和阿牛，

共八人，大家輪流落場。這次玩得很開心，笑聲此起彼落。為了爭取時間，這天開局前大家只吃了便餐（其實是讓該名 CID 有機會核實各人身份），所以隨後也叫了外賣。外賣服務員是廉署職員，作為支援，但由於一切都在我們掌控之中，沒有甚麼特別訊息需要傳遞，所以由一名老千點餐，而晚餐送達時則由一名 CID 付款，我都由着他們去，好讓他們更安心。

「噢！洗手間有人啊，你房間有套廁嗎？」

我還沒有來得及反應，提問的美女已經直接跑進睡房裏。還好我因尚未用膳完畢，所以剛好沒上賭桌。我一躍而起，跟了進去。

「電燈開關在這！」我佯裝替她亮燈。

她進了睡房的套廁，我則一直在房間內候着。

「喂，Ricky，你倆決定不出來了嘛？」房外眾人喧鬧起來，夾雜着一些笑聲。

「來了！」

我稍微遲疑片刻，美女終於出來了，我裝作在執拾睡房。

「不好意思，房間有些亂……」

「這是？」她隨手在梳妝台撿起一個方型的小錫紙封包，那是揩抹錄像鏡頭用的清潔劑抹紙。在梳妝枱上有一個 pinhole camera（針孔攝錄裝置），這抹紙應該是 TSD 同事留下的。雖然包裝紙上有英語説明，但就算她能看得懂，也應該還來不及看。

我一手搶過來，「這是男士專用的東西，你沒見過這牌子？」

「我有興趣知道它跟其他品牌有啥不同！」她幽幽地向我一笑，然後走出大廳。

美女整天都坐在霍爺旁邊，替他點煙、奉茶，一起看牌和

討論出牌。霍爺的演技竟如此精湛，我在那天才見識到。

這是一個漫漫長夜。大伙兒一直玩到 12 點多。霍爺成了大贏家，我們終於散場，其他人一起到外面宵夜，霍爺表現了男士該有的風度，用車載送美女回家。我和兩名騙徒及 CID 一塊兒開檢討會並「分豬肉」，當然這些全都進入了 TSD 的錄像裏了。

在第三次賭局後的檢討中，卻又出現了意外。

「許先生，剛才的那名阿牛有些問題。」

「他上一次都有來啊，有甚麼問題？」我心中想，他演得很出色，還自費買了一條真金打造的大項鍊，少說也有一兩重，吸雪茄也很豪氣啊！

「他一直眼睜睜地盯着我們，這樣我們換牌有些難度，日後把他換掉吧，你再另找目標吧。」

「讓我再想想辦法，再另外找一個。」

三天後我們又約了局。我在沒有辦法的情況下，臨時從另一組借調了一名同事來幫忙。事前我已把案情向他概述一遍，並做了一天培訓工作。

「來，喝茶！張先生是幹哪一行的？」

「我是做裝修的。」

「今天不用開工嗎？」

「當然要啦，但我是判頭，只需要找到工人開工，而我本人卻不必一定要在場。幾個工程，我不可能分身吧，只需遙控。」

「當然，當然。是住宅嗎？」

「商、住我都做。我有幾個班底，從木工、水泥磁磚到水電工程都有，接到甚麼就做甚麼吧。」

「我有一個親戚想在別墅的車房做個電閘門，改天約你去看看報個價好嗎？」

「可以呀。」

「……」

「噢，許先生，我突然有些事情要回辦公室處理，你們慢慢吃。」該名 CID 望了一眼腰間的 call 機，佯裝接到消息，說要先離去。

「那不如我們改天再聚吧！」兩名老千也馬上託辭有事而取消了那天的賭局。事後他們告訴我，Police 對這名新加進來的賭客不放心。

我不知道哪裏露了餡，但知道這名非「種子」的臥底這次過不了 vetting（審查）！幾天後我又請來了另一名同事，裝作是房屋署的，還把我從房屋署所知的一切都告訴他了。但結果仍舊一樣，當天的賭局再次被取消了。看來這些老千也極小心，果然是行走多年的「老江湖」！

最後我取消了老鬼陳的其他工作，讓他也加入這次臥底行動。第四、五次賭局是成功的。過程都差不多，只是廉署用了不同的臥底人員而老千集團派出的人也是每次不同。但我們還是摸不清有多少警務人員牽涉在內，以及最高的級別是甚麼。

「怎麼今天換了人？」

「先前的一名『朋友』（他所指的是其中一名 CID）有事，所以換了他。」

說好了要來的警察臨時換了人。其實無論是老千或者警方人員，都會隨時改變。所以我們有理由相信在同一時間內應該有幾個賭局在運作之中，所以這個老千集團需要編配人手。我的寶雲道大宅應該只是其中一個天仙局的開局地點而已。

當我們賭得正激烈的時候，這名 CID 突然拿出了一部小型

收音機，還把聲音放得很響亮。那我們操作錄像和錄音時的干擾聲會被播出的。

我馬上拉了相熟的那名老千進房。

「喂！他怎麼——」

「別靠近門邊，」他指示我走到梳妝枱前，那更好，錄音效果更佳。

「這名 CID 很有經驗，我們一直有合作，過去曾有賭客察覺有問題，他便及時把他們全抓回警署。他自己也好賭，愛賽馬，明天是週末，今天晚上的賽前評述很重要，就讓他聽着收音機吧，反正沒甚麼影響。不要留在房裏太久，會讓人懷疑。」

我想我要馬上通知樓下的監聽同事，他們要停止操作了。我走向那名 CID，説我也喜歡賽馬。

「喂兄弟！反正你現在聽着收音機，可不可以先借給我看看你手中的《老五馬經》啊？」果然，干擾聲很快便沒有了。看來沒有人注意到呢。

如是者又過了幾場賭局，在屋內各個點的錄音、枱底的錄像都有不錯的收穫。看着他們如何換牌，事後我們在大廳中分紅，一切都被記錄了。

那天，一名老千約我到尖沙咀舊水警總部的職員餐廳認識另一名將會出現在賭局裏的沙展。言談間我感覺到那名沙展的人品還不錯。

「你還有幾個月就退休了，有很多時間玩，為何也參與這種賭博？」我有點兒好奇，因為臨退休的人總怕出錯，以致丟掉退休金，一般都不會冒險。

「我最近被調到這兒。即是説，我可以無憂無慮到達終點。我以前帶過警犬，所以退休後會到澳門逸園當職員，初步條件

都已經談好了。至於這賭局，誰不想再多賺些錢才退休？」

這名沙展其後亦有出現在我們的賭局之中，扮演着監場的角色。我們嘗試過想找出有關其他賭局地點及莊家的資料，但不得要領。為免打草驚蛇，上級指示只需處理好自己的這一個場，別再刻意打聽。

4.7　證據確鑿收網捕魚

一個月之後，廉署和律政司都認為可以結案了。那天我們出動了六十多人，也正式通知警務處及安排雙方的合作程序。我們在全港二十多個地點抓了六名警務人員和十幾名出現過在我們賭局中的老千回廉署。

「霍爺，你也給他們抓了回來當證人嗎？」在他們心目中，霍爺有贏有輸，但幾個月間總數輸了三十幾萬，是一條「大水魚」。

「別再叫霍爺，叫我霍 Sir ！」在 DC（Detention Centre，羈留所）裏的幾名老千看着霍爺從一個倉走出來，又進入另一個倉，才知道他的真實身份。各人立即面如死灰。兩小時內，十幾名老千全都招認了。他們被判罰款、坐牢、緩刑等。

雖然警方人員一個都不肯招認，也沒有老千願意指證警察，但廉署的錄像錄音都做得很好、很全面，六名警務人員中有五名全部控罪成立。

那名沙展要坐牢四年。他因犯受賄罪、串謀妨礙司法公正和串謀詐騙，退休金都沒有了。後來，他的妻子離他而去，兒子加入了黑社會，女兒則輟學了，在油麻地一個色情場所生活。

在法庭上我是唯一給口供的卧底，該名沙展看着我的眼神

就是要把我牢牢釘在門上的那種感覺。

4.8 化解恩怨驚險萬分

三年後的一個早上，我正在忙於另一次臥底行動的部署工作中，這次的案情十分複雜。

「許 Sir，是我！」這名沙展剛假釋出來，當天就打電話給我。

「你害得我好慘啊！我想見見你，你會出來見我嗎？」他約我下午 5 點半在總部附近見面。

我有些遲疑。

「怎麼？不敢嗎？你可用廉署的車，我乘你們的車，在車上談，那你還怕甚麼？」

我馬上向上級報告情況，他們召開了緊急特別行動會議。

「我們不同意你去見他，要見就讓他到廉署辦公室來見！你這樣太危險，也不值得。」

「他大好家庭全部破碎了，房屋署現在正追他三年欠租。雖然說是自作自受，但畢竟他甚麼都沒有了，所以怨氣很重。」我把沙展的家庭狀況向上級簡報了。

「我們安排你和家人住進安全屋好不好？」

「沒有用的。他是警察，要查我兩個女兒在哪兒唸書很容易。廉署保護不了我們一生一世。這事情總要解決。」

「狗仔隊跟蹤着如何？」

「我希望用感化的言辭化解這段恩怨。他是專業的，如果察覺到有跟蹤隊，那我們之間連這一丁點的信任都沒有了。」

「若果他想對你不利，你如何保護自己？」

「我也是習武的，他要對付我沒那麼容易。但是，最好能避免衝突。還有，我會讓 driver 莫與我一起赴約。」

在我的堅持下，上級同意了我的安排。我打了電話回家，讓妻子立即帶着兩個女兒往外婆家住幾天。我沒有說明原因，但用了很強烈的語氣跟她說，這不是商議，她必須立即按照我所說的去做。

整個下午，我和 driver 莫及另一名假裝是沙展的同事在停車場的車上練習。

「如要襲擊你，應該會用刀子！」

「我也這樣想。車廂窄小讓兩人很接近，但也因此限制了動作，好壞參半。」

「你要坐在司機位的正後方。」driver 莫說。

我們模擬了一下場景，driver 莫坐在駕駛位置上，從倒後鏡看到「沙展」的可疑舉動時便要一躍而起，撲到他身上並制服他。我們練了十幾次，不是每次都成功，在職員餐廳取來的塑膠餐刀也斷了幾把。

約定的時間到了。沙展果然出現在和記大廈門前。

「我看到他了，正走近。」

「要搜他身嗎？」

「不要！讓他上車。」

我們在車上談了幾分鐘，沙展已愈說愈激動。

車一直走，過了海底隧道。

「我記得你。」他向 driver 莫說，「你現在只管一直駕駛往前走。」

「去哪兒？」driver 莫問。

「向九龍塘。」

沙展的臉色沉靜得不正常，我盡量向他講些比較中性的説話：「……我沒有坑你，一切都是公事公辦你是知道的。我不是一直勸你別賭，説退休後閒着的時間多的是嗎？你不理解不聽勸告我能怎樣？」

車子駛往九龍塘，在三角花園一帶慢駛兜圈。突然，driver 莫從倒後鏡看到沙展把手伸進衣袋裏，好像想從中取東西。他見狀，立即駕車撞上路旁，車子一晃，在沙展往車門方向傾斜之際，他又立即煞車，沙展穩不住身體，變成往前俯衝，撞上前座椅背。那時 driver 莫已經壓到沙展身上，使勁按着他雙手。沙展手中東西一個沒拿穩，便丟到車廂座椅之下。

我們一看，果然是一把利刃。

被制服之下，反倒讓沙展冷靜了。他眼睛通紅，不作一聲，只是不斷地深深呼吸。

過了一會兒，我拿了一包紙巾遞給他。

「你應該明白，我們都是在辦案，跟你捉拿犯人時一樣。幾十年來你拘捕過多少人？也不少吧！如果我不抓你，也會有另外一名廉署人員抓你，是不是？」

「我甚麼都沒了！工作沒了，錢也沒了，住處都沒了。」

「你欠的租金當我私人借給你的。明天我先替你交租。你的家庭我幫不上，但我可以幫你找工作。我有朋友在大埔戲院當經理，今天晚上我先跟他聯絡，你明天到他那兒見個面，我會請他給你安排工作。你先別嫌棄，甚麼位置都做，先安頓下來。」

「我當差（當警察）幾十年，一直都很安分守己。其他人怎麼樣我管不着，但我沒有貪。可惜在退休前一年，我的妻子因賭錢欠下了『大耳窿』（高利貸），迫不得已，我才鋌而走險。」

我們聊了一段時間，讓他的情緒可以完全平靜下來。我給了他一些錢，讓他租住公寓棲身。最後沙展在九龍塘下了車。

　　事情過後，我第一時間請 driver 莫把我送到岳母的家。當我拾起座椅下的刀檢視時，發覺這利器足有八吋長，是雙刃的，還有齒，好可怕啊！

　　到達岳母家時，大伙兒都坐在大廳，妻子一臉惶惶然，她當然還未知道發生了甚麼事。

　　「怎麼啦，沒事吧。」

　　「應該都過去了吧。」我緊緊地抱着妻子。

　　妻子從來都不會過問我有關工作的事。但我也從來不會像這次那麼緊張，所以她也感覺到情況特殊。由於她也是受影響之人，我還是簡略地把事情向她講了一遍。為免她擔心，我當然把最危險的情節省去。

　　翌日，沙展果真去了大埔戲院。其後聽說他也跟女兒聯絡上了。本來一個大好家庭，就因為一個「賭」字，使得家裏每一個人都要付出代價。

※

　　一個月後的某一天，我專門去了一趟大埔。這是我跟這名沙展最後一次見面。聽說他後來找到一份較理想的職業，也信奉了基督教。

　　在這次的最後會面，沙展主動透露他如何由一個廉潔的警務人員變成憑佩槍收黑錢的貪污沙展。

　　他本來有一個大好家庭，一個愛惜他的妻子和兩個孝順的子女。他身為公職人員，收入穩定，足夠一家人安居樂業。但

好景不常，沙展的妻子染上賭癮，成為麻雀館的常客。但她賭運欠佳，逢賭必輸，欠下「大耳窿」一筆鉅款。「起釘」（計算利息）及「利疊利」，欠款變成天文數字，一家人根本無力償還，妻子更被「大耳窿」恐嚇要砍掉雙手。

由於欠款太多，儘管沙展是「黃氣」亦無法解圍。但「大耳窿」也算賣他幾分情面，只收回欠款及部分利息，即時截數，還特准他在四年內逐月歸還，不再「起釘」。即便如此，單憑每月薪金，沙展仍舊還不起這筆欠債。因此他被迫鋌而走險，透過「A gun for sale」的非法行為賺取額外收益，好替妻子還債。

知法犯法，是一件可恨的事。

為保護家人而知法犯法，卻又是一個可憐可嘆的故事。

一失足成千古恨

再回頭是百年人

——楊儀《明良記》

☑ 牌九的基本玩法是以牌的點數大小分勝負。由於只得32隻牌，派牌後基本上已定了輸贏，純屬賭運氣而非技術，故此被認為「可操作性」不大（亦即較難出老千）而受老一輩華人所歡迎。但是如果有人換牌，則勝出的機會便會大增。

☑ 有關老千的術語：

- 行老正：出老千
- 搭雞棚：安排詐騙的地方
- 分豬肉：瓜分騙到的金錢
- 擺門：設局
- 師父：老千
- 黃氣：警務人員
- 來手：負責安排賭局的人
- 搭橋：有人坐中間做橋，兩個老千各坐一邊，方便在枱底換牌
- 落汗：在天九牌或啤牌上加上記號，只有戴上特製的眼鏡才看到
- 綠燈：安全，可以進行出千
- 紅燈：懷疑其中參與的賭友有問題

第五章

魚蛋檔

5.1 黃色「大龍鳳」

又過了幾年，這時我已經是一名 Group Head（首席調查主任）。

這一天我主持了一次案件的 briefing，邀請了五名隊員出席，當然包括 case officer（案件主任）Kent。我還透過跟蹤隊主管的安排，請來了他們一位 Section Head，與我們分享他這一個月來蒐集到的資料。

「各位同事，我們最近接獲一宗有關油麻地區警務人員包庇色情場所的投訴。這次的投訴人是黑社會分子，正在坐牢，案件由懲教署轉介到廉署。初步調查取得的資料與其證供吻合。由於情況特殊，我這個月來趁着大家還在整理上一宗案件的文件之際，與炮艇和阿松先做了些資料蒐集，也邀請了跟蹤隊對有關場所作深入探討。」

炮艇，名 William Tang，鄧成斌，初入廉署時被同事謔稱「舢舨仔」（Grade 3 的粵語諧音），加入卧底團隊後勇冠同儕，自嘲已由舢舨變成「炮艇」。

「怎麼這次在這裏 briefing？」

「因為這案件的敏感度及隊員日後調查工作的特殊性，我不想在大 office 討論，所以 book 了會議室。各位同事，這位是跟蹤隊的 Sunny Sir，他會講解這次的目標場所，亦會答覆大家的問題。Sunny，請你講解吧！」

Sunny Sir 清了清喉嚨，開始解說。

「這次的色情場所稱為『魚蛋檔』，可能大家都聽過。我不敢說你們全部都不懂，但估計今天在這兒的絕大部分都從來沒有踏足過。」

「為何用此名稱？我聽說過好幾個不同的解釋，不知道哪

個版本才是真的。」

「因為這是色情『架步』（色情場所），前來光顧者可以隨意撫摸招待他們的『小姐』，而撫摸女性胸部的動作，猶如製造魚蛋時擠出魚蛋的手勢一樣，故有此稱號。」

「在這裏面幹甚麼都可以嗎？」

「原則上只可以撫摸胸部，但絕大部分這些場所的顧客，都不會就此罷手。而且顧客至上，尤其是熟客，還有給予大額打賞的客人，他們在座位上做甚麼是沒有人理會的。」

「現在競爭激烈，哪會有人花錢只用手摸摸？肯定有其他活動在內的！」

「裏面一般的裝修格局如何？」

「一般有外閘、迴廊、再進大門，內裏是小廳，近牆邊圍繞着一格一格的廂座，每個廂座都拉下布簾。場內的燈光十分陰暗，就算揭開布簾也未必看得清楚廂座內裏的情況。」

「為何不用盡中間地方？要設一小廳？」

「這些地方全場播放着輕音樂，但平常聲音很小。遇上『查牌』時則會加大音量和亮起燈光，拉開所有布簾，然後大家就跑到中央來跳舞。色情場所馬上變舞廳。」

「這些地方外圍都有『天文台』放哨，從執法人員進入大閘至大門之間，裏面早已經改為正當營業的模式了。而且，『查牌』都是『大龍鳳』，一早有通知說要『洗太平地』，那就是暗號，內裏的負責人會在亮燈時大喊『洗太平地』的。」

「這些色情場所的『老細』最怕『放蛇』，『放蛇』行動令人避無可避。但如果事先交『黑錢』打點過，每當在『放蛇』行動前，『老細』就會收到『放蛇』的消息，立刻把『黑廳』變成『光廳』。」

「有些色情場所連中間位置也用上了，申請一個樓上舖的

『咖啡雅座』執照，充分利用地方。」

「那我們怎麼知道哪家是真正喝咖啡的地方？」

「咖啡廳較光亮，多安裝玻璃門，沒有燈飾，不會營業至凌晨，也極少做『樓上舖』。『魚蛋檔』則較暗，看不清裏面環境，還會佈置紅紅綠綠的一些燈飾。」

「最主要的是，『魚蛋檔』都明目張膽地在幾份報章如《真欄日報》、《紅綠日報》（當年的報紙之一，現在已經停刊）等賣廣告，有心光顧的怎會走錯地方？」

「這些地方的招牌上都附加宣傳，如『簫后 XX 駐場』之類。」我從旁補充。

「我們做了調查和拍照，偵查到光是從佐敦至油麻地一帶已經有 382 所『架步』，包括『魚蛋檔』及『一樓一鳳』（只

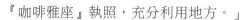

《真欄日報》、《紅綠日報》是上世紀的經典小報，已停刊多年

有一名妓女的色情場所），與許 Sir 的調查數字相符，相信絕大部分有警方包庇，所以才會那麼猖獗。」

※

接下來的兩個星期，我們整隊人都忙得不可開交。我們做了很多分析，仍然沒有把握可以找出警務人員涉嫌收賄的證據。所以我向上級先做了詳細的報告。

「按照投訴人的證辭，油麻地 SDS（Special Duty Squad，特別職務行動隊）第二隊是負責掃黃的。據說統籌收賄和通傳消息的是一名沙展和別號『狗熊』的 PC，再上一級的一直不露面。還有，他們不會聯繫『架步』，而是定期另派非警務人員的『收租佬』（直接收取賄賂者）收取賄款。」

「聽說投訴人是該場地牌照的持有人？」

「沒錯。通常真正幕後老闆不『駐場』（出現在該場所）。他們找來另一人作持牌人駐場，再派人『睇場』（當保安）。雖然有做『大龍鳳』，但每隔一段時間在形式上都要『交貨』（故意被抓以示警方有執行職務）。所以『睇場』和持牌人也會因此需要坐牢。」

「有『安家費』嗎？」

「當然有，但投訴人的老闆非常沉迷賭博，每月輸的錢是幾個場當月的收入。投訴人這次要坐牢九個月，至今已入獄七個多月了，可是家裏只收過一次錢，家人生活困難，所以他就反了！」

我向 AD 陳述了破案的困難，並建議派人與該名姓謝的老闆合股經營，這樣才可抽出幕後包庇的警方勢力。這老闆是有黑社會背景的，在油麻地區經營多個色情場所，我們只需要滲

透其中一個「魚蛋檔」即可，這也是幾類色情場所之中風險最低的。

我知道這次的提議很特殊。表面上看，由一個執法部門派人混入一個色情場所工作，的確很不可思議。

可能由於當時色情事業氾濫成災，已經成為眾所周知的社會問題，一週後上級正式通知我，同意派出臥底混入集團內活動，並藉着機會蒐集罪證。上級的指示是只可投資，不可直接管理，並強調「不可因為廉署行動而增加受害少女的數目」。

5.2 假裝賭客被跟蹤

「松哥，你和莫師傅裝成賭客，往該老闆常去的賭場想辦法結識他。但請不要馬上引起他的注意，那太明顯了，慢慢地、自然地認識就好了。」

「然後說我們要入股？」

「不要！你們並非黑社會成員，所以他不會讓你們入股。下一步我已經有安排，別急。」

獲得投訴人準確的消息，阿松和 driver 莫很快便已經混入了那名「幕後老闆」謝先生常去的非法賭場。根據兩人的觀察，這賭場很有規模，所以黑、白兩道都有人光顧，但進出的地方周圍都有「天文台」。

「為何是『阿松』和『driver 莫』？」AD 問。

「他倆都是賭博高手，這樣『黃』的機會較少。而且他們都能臨危不亂，EQ 極高。同事們都說阿松人如其名，如松樹般穩固。」

這天，他們倆從賭場出來後，按我的指示，先去宵夜。我

坐在鄰桌，看看沒問題了，正要過去跟他倆談話時，突然發現較遠處另一個大牌檔有兩人剛坐下。他們似乎是跟蹤我的兩名同事而來的。

為了證實這一點，我向大牌檔伙記大聲說：「老闆，我要多來一碟蠔油生菜！」

這是我們約定的暗號，表示有危險。他倆馬上離座，同時互相推說不如去茶餐廳云云。當他們離座不久，那兩人也立刻跟了過去。我的同事當然發覺了，但仍然當作不知，帶着他們愈走愈遠。

阿松和阿莫已被跟蹤，事情似乎並非想像中那麼容易。

5.3 特訓及重新部署

「從今天起，你們全部集中在這套房子居住，接受三天的特訓。」

「為甚麼案件調查了一半突然來個特訓？」

「因為阿松和莫師傅都被跟蹤了。還有，這次的 targets（目標人物）是黑社會裏較年輕的一伙，十分心狠手辣，我不想有隊員出事。」

「炮艇，你破案之前都不用回總部，每天晚上多在酒吧和夜總會活動，白天就在這房子裏睡覺吧！」

「這段時間每個 UC 只可以單線與我接觸。接觸地點每次不同，儘可能不重複，若有懷疑我會馬上棄用那個接觸點，另找一處新的。」

第一天要說說跟蹤與反跟蹤。來講課的是前跟蹤隊隊員 Rambo。他先前因為一宗案件的需要暴露了身份，已經離開了

跟蹤隊。在加入其他調查隊伍之前，他會在廉署的訓練學校當教官。

「如果走進酒店的大堂時，有兩扇門，分別是自己推動的玻璃門和門童拉開的，你應從哪扇門走進去？」Rambo 問。

「自己推的玻璃門。」

「為何？」

「走玻璃門可從玻璃反射看到周圍，尤其是身後的情況，所以可察覺有沒有被跟蹤。」

「對！這樣，就不需要每次進一扇門都兩邊看，免得被發現獐頭鼠目的模樣。沒有問題的人，不會經常探頭四周查看，那是在拍電影時才會見到的。專業的執法人員不應如此。還有，你們也可以利用停泊在路旁的車輛，包括它們的玻璃窗和門邊鏡等察看四周情況，而不要頻密地轉頭往後望。下午我們往停車場練習，你們會發現輪胎蓋等反光部分都很有用。」

各隊員都很用心學習，大家都知道，只有認真訓練，不出錯，才是最好的保障，否則出了事，吃虧的是自己。

同一時間，我安排了炮艇學習當調酒師。他要在三天之內，早、午、晚各練習兩小時，嘗試調配三十多種雞尾酒。他要記着每一個細節，不斷練習。我亦替阿松和 driver 莫租了土瓜灣一處地點作為他們倆的居所，同時安排了 driver 莫在土瓜灣開設一個修車場。

到了最後一天，我特別提醒各隊員說：「除炮艇之外，其他隊員與我這個 handler 的接觸會很頻密，每天都要，甚至一旦發覺有問題便要即時向我報告。必要時案件可以不查，但各隊員不可出事。」

消失蹤影三天之後，阿松和 driver 莫再次出現在賭場。據跟蹤隊的監視報告，初時還有人跟蹤他們，但幾天後已再沒有

了。這也代表無論是賭場怕被人「放蛇」還是別的其他原因，現在都可以放心，因為他倆已經「過關」了。

阿松與 driver 莫他們倆有贏有輸。輸了作紀錄，贏了要把錢交回廉署。

有一天，李 Sir 約見了我。

「Ricky，我是管財務的，但現在我管不了啦！」

「甚麼事？」

「調查案件一定有花費，所以一直有支出。但我從來沒有想過有收入的啊！你這段時間不斷交來的『收入』可真不少呀。都一個月了，可以想想辦法嗎！」

我看這也是廉署從來沒有遇過的事情！阿松的賭術果然利害，而他又不忍公帑損失太多，所以總是贏錢。我召集了幾名隊員在一個秘密地方討論案情，決定實行我佈置的局——

「松哥，時間也差不多了，介紹『炮艇』給謝老闆吧！」

「可以。在哪兒？要裝機嗎？」

「許 Sir，我建議任由對方選擇見面的地點。」

「我們需要他的信任。」

看來所有隊員都已經有足夠的心理準備了。

「我同意。由他選擇見面地點可以減少他的疑慮。這次只談合作和入股，要最低的風險，所以不裝機。」

於是按照計劃，松哥在一個特意安排的「偶然」情況下向謝老闆表示有朋友想投資做生意，想先向他請教，問問門路。

5.4 正式展開「入局」行動

炮艇在我刻意的安排下，被塑造成一個黑社會頭目。他佯裝以前是酒吧的調酒師，因為犯了傷人罪曾短暫入獄，出獄後加入了黑社會。由於獲得警方和懲教署兩部門高層的充分支持，檔案一應都準備好，背景設計毫無破綻。

謝老闆約了炮艇在他自己的一家酒吧見面。阿松介紹兩人認識後，謝老闆的反應又被我猜中了——大家談了一會兒，他即時要看看炮艇的本領。

「你以前是當過酒保的嗎？可否現在做一杯 Singapore Sling 給我嘗嘗？松哥，你也 order 一杯吧。」

「好呀，替我來杯『藍精靈』吧！」

「Sure！我做一杯『火焰藍精靈』讓你嘗嘗。」

謝老闆對炮艇的身份應該沒有懷疑，但對於陌生人想入股他的生意，最初並不願意。

「你有你的『地盤』，用不着找我呀！」謝老闆很不客氣，也很警覺，他認為炮艇既然有自己的勢力範圍，也經營色情場所，應該無需找他。

「你誤會了。當然不是我，我幹嗎要找你啊！找你的是我在澳門的表哥 Marco，他是中葡混血兒。我姨丈是葡籍的，家族很有錢，但 Marco 自己想在香港『插旗』（選擇地方發展勢力）。我不想介紹親戚投資在自己『字頭』（同一黑社會集團）的場內。如果謝老闆你有地方給他『落腳』（投資並可在那兒進出），我便安排他和老闆你見面。」

在我們的一連串悉心安排下，謝老闆不由不信。Marco 本來就是眼深鼻子高的面貌，也的確是中葡混血兒，那是無需化妝的。

卧底行動發展得很順利。由於這名好賭的老闆缺錢，現在有投資者入股，當然是如獲至寶了。整個故事可信性極高，沒有任何破綻。我們派了 Ricky 仔作為 Marco 放在謝老闆處的一名親信，在「架步」那裏當一名小工，負責幫忙帶位及做清潔，地點是油麻地謝老闆控制的六個場的其中之一，一向由謝老闆的親信強哥負責。

這個場設有後門，也有暗格和逃生通道，但在一般情況下都用不着，因為每次查牌前都有電話通報。不過，這裏從來都沒有 SDS 的警務人員到來收取賄款，只是有幾名特別的 VIP 久不久來「享受」一番而已。

這並不是一般的接待，他們享受的當然都是超級帝皇式的服務。首先，謝老闆的聯絡人會打電話跟強哥打招呼。若剛巧強哥不在便會告訴公關 Susan。大家都不敢怠慢，必須通知各人。

「Susan，今天下午約 5 點有謝先生的貴賓到訪，你見過的。那位老闆可能也會帶一、兩個客人過來玩。女孩子你負責安排，記着不能收他的錢。我說 VIP 貴賓到，那就是他們，把賬都記到謝老闆的名下。」

強哥吩咐 Susan 時，Ricky 仔從旁聽到他們交談，但佯裝沒注意，只管低下頭做清潔的工作。他意識到這些人通常只有兩種可能的身份：一是黑社會成員，二是警務人員。經過幾次之後，他發覺其中三人並非前者，懷疑可能是 SDS 的成員。

我也安排好跟蹤隊的成員 standby。終於，這天我的 call 機響起，顯示「72」兩字，即是「出現」的意思（取其廣東話諧音）。不久再顯示「90」，即 90 分鐘（即兩 parts），是行內兩

小時的意思（每小時通常不足 60 分鐘，只計算 45 分鐘，即兩小時共 90 分鐘，又稱兩 parts）。

「……targets 90 分鐘之後離開，拜託你們了！」

我已提前將各人的照片及資料交了給跟蹤隊的 Group Head。其後的大規模跟蹤工作在結案之前斷斷續續共做了三個多月。根據跟蹤隊隊員蒐集到的照片，證實了其中一人是一名沙展。他們還與其他多個油麻地區內的色情場所負責人有聯繫，但一直沒有收受金錢的證據，始終都是由「收租佬」負責收錢及由不明人士打電話通風報信。跟蹤「收租佬」也未能確定他們跟 SDS 隊員有接觸，更莫説摸清金錢的走向了。

由於時間愈來愈緊迫，我們終於要鋌而走險，決定在場內裝機。那天我安排了老鬼陳到該「魚蛋檔」。他到場的時間已是晚上 10 時。他不斷説不滿意──

「沒有其他女孩子了嗎？」他高聲喊着。

「先生，你已換了兩位，還不滿意嗎？」

「你們是這樣招呼客人的嗎？」

跟着強哥也走過來看看發生甚麼事。

「強哥，他不滿意我安排的小姐。Susan 姐今天晚上不在嗎？她也許可以替這位先生安排。」

「他跟 Marco 出去了。」強哥無奈地説。其實當晚 Susan 不在場也是我們行動計劃的一部分。

「我跟這位先生談談吧。」

強哥自告奮勇，並再安排另一名女孩子給他。

其後老鬼陳表示很滿意。到了 12 時許，老鬼陳離開前給了那名女孩很豐厚的打賞。他堅持要找強哥。

「哎，我要謝謝他的安排，我要和他宵夜。」強哥招架不住，被老鬼陳強行拉走，那麼這時場內就只剩 Ricky 仔。

TSD 幾名同事這時出現了。這場地的「天文台」是一名「代客泊車員」，此時正被我的另外兩名同事纏住。我又再多派了幾名廉署人員進場假扮顧客，所以全場的「小姐」都在忙着。Ricky 仔很順利地帶了 TSD 同事進場內裝機，附近則有另外三名隊員放哨，以確保一切順利及沒有不該出現的人物溜了進去。

　　過了 30 分鐘，宵夜後的強哥匆匆折返，只見 Ricky 仔正在非常忙碌地做清潔。

　　「今天辛苦了，兄弟，休息吧！」

　　他把賬簿拿出來並把一疊疊的鈔票放在櫃枱上準備結算。這時，TSD 的同事已經坐在外面路旁一輛小型貨車內觀看着該場地內的一切了。

5.5 色情場所不易做

　　有一天做 report 時，Ricky 仔提出想調組及退出臥底工作。由於只有我們倆，沒有第三者，我要求他實話實說。

　　「現在這裏沒有其他人，你如果有甚麼困難，都可以跟我說啊！」

　　「許 Sir，我還年青，亦未結婚，所以成為這些女人調笑及欺負的對象。」

　　「她們怎麼了？」

　　「她們經常拿我開玩笑，常常『搞』我。動手動腳都算了，有一次還四個人把我按着，再有另兩人把我的褲子都脫了……」

　　老實說，Ricky 仔的確很帥，高 5 呎 8 吋，才二十多歲，是一名小白臉，平常講話也有點柔弱，是這些風塵女子戲弄的對象。我當時不知道謝老闆正在多方面測試他，只覺得既然現時

所有人對這位同事都沒有戒心，是非常有利於他蒐集情報工作的。但這是我的疏忽，我應該給予他更多的支持和找專家替他做心理輔導。

「Ricky仔，現在說甚麼都太遲了。如果現在換人，要重新建立信任，恐怕會直接影響調查進度。我們希望你的存在可以帶來突破。這件事情就交給我吧，我會想辦法處理，你對我有信心嗎？」

「許Sir，我……有！」

「謝謝你的信任。」但他的態度告訴我，他真的很想離開那裏。

「首先，為求自保，你要扮演成gay，只喜歡男生，對女孩子沒有興趣。我再盡快想辦法。」

我把事情與Marco商量，他翌日立即向謝老闆投訴。我們後來才知道這是謝老闆安排對Ricky仔的考驗之一。

「老謝，這兄弟是我介紹來的，你的『女』這樣搞太不像樣了！」

「她們只是好玩而已。這些場一般都有這種問題。放心，讓我想想。我讓我的妹妹Linda轉來這個場當公關，她們便不敢太過分。她是我另一個場的舞小姐，有些手段的。」

原來這也是謝老闆刻意安排來查探Marco的一招。

事情好像很快解決了。Linda果然有些手段。此女子眉目清秀，顧盼回眸間有些氣質。因為家境關係自小避竄於煙花之地，卻仍出落大方。年紀輕輕，但可管得這些風塵女子貼貼服服。

Ricky仔沒有再投訴，並且源源不斷地提供了很多資料。可惜每次「通水」仍然只不過是一個電話：「今天下午X時洗太平地」而已。每星期交錢給「收租佬」的也是強哥，他只認得這些人的面貌，但這些人並非油麻地SDS的隊員。他們甚至並

非警務人員。

Marco 每個星期都有兩、三天出現在該處，每次逗留約一小時，看看數簿。每次都由 Linda 親自接待和解釋。

「你每星期港、澳兩邊走，不是很累嗎？」Linda 似乎很好奇。

「我仍有生意在澳門，不能長期在香港待着。」

「我很少去澳門，你能陪我遊覽澳門，介紹一下那邊的風景嗎？」

最初 Marco 只是支吾以對，他把這事情向我報告了。為了讓謝老闆釋疑，我讓 Marco 帶 Linda 往澳門遊覽，並招呼她住在廉署安排的別墅，説是他的家。

按照廉署給 Marco 偽造的身份背景，他家裏有兩兄弟，澳門的生意主要是葡國菜餐廳，由兩兄弟一同管理。家裏還有一名女傭和一名司機。全部都由我的隊員假扮。這方面 Linda 並不難應付，而我的隊員久經「戰陣」，所以整個佈置可用「天衣無縫」來形容。

來到澳門，當然要進賭場走走。Linda 雖然玩得開心，但也很有節制，兩人的輸贏剛好相抵。

晚飯過後他們沿着海邊散步回「家」。海邊長堤是他們晚上用膳後回家的必經之路。

「如果我哥哥進了這賭場，起碼會待個二、三十小時，輸光了才撤。」她似乎也很了解謝老闆的好賭品性。為了獲取更多有關謝老闆的資料，Marco 繼續與她聊天。

「玩玩也無妨，他有經濟條件嘛！」

「在我八歲時候，我們倆就已經是孤兒。這十四年來，我有事他替我出頭，他受傷了我扶他去療傷和侍候在旁。他現在的位置是打回來的。那幾年，他一個月左右就受傷一次，也不

知道是誰在照顧着誰！」

「妳自己也要有打算啊。妳還年輕啊！」

「我自己的故事全部都是悲劇。遇到的人總是騙子。」

Marco 心中一驚，沉默不語。

「可能是生活圈子太小，認識的人大都是『古惑仔』，你是第一個做生意的朋友。」Linda 很感慨地説，然後回望了 Marco 一眼。

「你不會也是個騙子吧！」看見他愣在那兒，Linda 不禁一笑，「跟你開個玩笑而已，幹嘛那麼緊張？」她笑着一手拍在 Marco 肩膀上，順勢兩手抓着他的臂彎，這時剛巧有一台出租車朝他們駛來，Marco 立即快步跑到路旁召車，順勢甩開了她的手⋯⋯

「不遠嘛，怎麼乘車？」

「來，今天晚上到一個地方吹吹風！」

Marco 總覺得兩人這樣勾着臂彎挨着走好像不太自然。

「師傅，我們去黑沙灣，謝謝！」

那晚他們談了很久，Marco 也對這兩兄妹的背景有更深的認識。原來謝老闆是黑社會集團的中堅分子，擁有油麻地這個重要地盤，但很多「架步」都是「阿公」（該黑社會集團）的。他可以支配的資源不多。他因豪賭輸了錢，又不能動用「阿公」的錢，沒有辦法之下便拖欠着「持牌人」的「安家費」。

他們一直聊到很晚，忽然颳起大風，又飄落毛毛雨，兩人才匆匆回家。

「我有點不舒服！」Linda 有些頭痛。「可能剛才淋了雨吧，我有點感冒的情況。」

「妳不是説很喜歡在細雨下散步，還説很浪漫嗎？我就説

過這不太好，很容易感冒的。我出去買點藥，服藥後妳馬上休息，希望明天沒事吧。」

那個晚上 Marco 也睡得不好，他和「女傭」需要不斷起來照看發高燒的 Linda。幸好翌日中午她已經退燒，偶爾幾聲咳嗽，兩天後也已經痊癒。但這兩天卻是 Linda 近年來最開心的日子，感覺到被關心和一絲絲的溫暖。

Linda 很享受到澳門的旅遊，因為她既可以輕鬆地放下工作，又可散心，所以嚷着要再去。由於我的指示是要盡量滿足 Linda 的好奇，好讓謝老闆放心，所以兩個月內 Marco 與她去了三趟澳門。

最後一次回來之前他們去了主教山。當 Linda 蹦蹦跳跳往上跑時，Marco 只是在後面看着，在心中暗忖「哼，好像小女孩⋯⋯」。

但當 Linda 驀然回首，向自己嫣然一笑時，Marco 突然驚覺有些不對勁。

慘！出事了！

5.6 問世間情為何物

這天我召喚了 Marco 來討論工作進展。

「許 Sir，這次輪到我出問題了。我要報告，Linda 似乎喜歡上我了。」Marco 有些靦腆地説。

「不會吧！先前才剛處理了 Ricky 仔的問題，而且是找 Linda 來解決的，現在她卻又變成了是你的問題？」

「對不起，我也希望不是，但這不是誤會，她已經去了三

次澳門，住在我『家』。他還跟老鬼陳（假扮司機的隊員）説我太辛苦了，弟弟看管澳門生意就可以了，讓他來勸我長留香港，她會照顧我！」

「你是何時發現的？」

「我與她主要是在『魚蛋檔』內 check 數及談生意上的事。在香港出外吃飯才兩次，我只當是應酬她，而且估計她是『世界女』，久歷江湖。但第三次去澳門時已發覺不對，但仍未肯定。兩天前她正式向我説『喜歡與我一起』，説兩人一起時有一種『很開心』的感覺。」

「你知道我們是嚴格禁止發展個人感情的。尤其是當卧底更不可以。你要立即『返回澳門』，離開卧底工作。你想辦法與謝老闆解釋，並安排炮艇接替你的『核數』位置，但由於他扮演着另一個黑社會的頭目，所以也不太方便長期代你管理這邊的生意，我會盡快安排另一人入局，並會看情況提早結案。」

Marco 為人正直，做事很有原則，家庭觀念極濃。看來這次給他帶來不少煩惱。他按照我的指示，向謝老闆説澳門的生意出了點問題，需要回澳門處理。由於不知道何時才能回港，所以香港的生意若有任何需要，暫時一概授權由炮艇負責決定。

「他一定要回去嗎？」Linda 問炮艇 Marco 為何不辭而別。「我們説好了不是這樣的。我明天會去澳門看看他！」

「妳去也沒有用，他這幾天很忙，要處理的事情很多。噢！對了，他搬了家，舊屋賣了，他的生意需要現金周轉。」

「那我往哪兒找他？」

「你應該找不到他。我也不知道怎麼找他，只有他的 call 機號碼。但他處理好事情會回來找我的。你等着吧。」

「我自己會 call 他，若他找你，你告訴他：兩個星期內他不出現，一定會後悔的！」

Linda 愈説愈有些焦燥，提高了聲調，和她平日從容的態度截然不同。這時候在那場裏剛好播放着一首歌，歌名是《我有一段情》。那真是一首很揪心的歌。她聽着聽着，愈聽愈覺得歌詞中人簡直就是自己，突然「哇」的一聲哭了！她快步跑進洗手間，喃喃自語着：「他在迴避！我知道的，他在迴避我⋯⋯」

　　炮艇的一番説話讓 Linda 感到很失落和沮喪，她應該渡過了一個十分難過的星期。

　　來不及等待兩週，在六天後的晚上，她終於決定用傷害自己來告訴 Marco 她有多愛他。

　　「許 Sir，Linda 出事了！她喝了很多酒又吞服了大半瓶安眠藥。我這場內有一個跟她一塊兒住的女孩約了她宵夜，但 Linda 沒有出現，找不到她，回到家才發現她在房中自殺。現在送了去急症室！」

　　我接到炮艇的電話，立即向上級報告。我連夜返回總部開會。臨離家時妻子被我吵醒了。

　　「誰自殺了？甚麼人自殺你那麼緊張？」

　　我沒有答她，一縷煙般快步跑到街上，卻忘了自己的車子停泊在哪兒。我找了好一陣子，驅車回到總部開會時，AD 問我為何出現如此失控的情況，我也無法解釋。

　　「感情的事很難理解，只可以説這女孩子太投入了。我相信我的同事，他並沒有幹過甚麼不該做的事。」

　　「如果這名女子死了，會極度影響這案件的工作，甚至可能會立即終止調查的。」

　　在這時候炮艇又再用傳呼機聯絡我，我即時打電話到該場地找他。接電話的是他。

　　「是不是 Linda 有甚麼消息？」

「我不知道。今天晚上剛『洗太平地』，但現在又有人來了，這次好像是入境處抓非法留港人士，查到這裏。噢——我要收線了。」

這真是一個熱鬧的晚上啊！我立即驅車前往看看情況，恐怕炮艇會被抓。我抵步時剛看到入境處人員果然拘捕了幾名女孩子，她們一個一個搭着肩膀走上警車。原來是警察與入境處的一次聯合突擊行動。

「許 Sir，我沒事！」炮艇突然在我身旁出現。

「你是從哪裏冒出來的？」

「我見情勢不對，之前又沒有人『放風』，為免麻煩，已經爬窗溜了。還好只是二樓，還可以。Ricky 仔要到警署，但這些女孩子不是他安排的，他只是一名雜役，應該沒事。」

我慶幸隊員的警覺性還真不差。

「許 Sir，我還剛從那些『姊妹』口中聽聞 Linda 沒事了。幸好發現得早，洗胃後現在已沒有危險了。」

辛苦了一整個晚上，我回家倒頭便睡。

翌日早上接近 9 時，我才從床上爬起來，打算趕回總部寫報告。妻子正坐在廳中，好像整晚沒睡的樣子。

「妳怎麼啦？」我跟她說話她也不答話，繼續盯着電視屏幕，我走進女兒房中。

「怎麼不用上學？」

「我說過今天是旅行日，你忘了嗎？」

「噢！我真的忘了。那為甚麼妳現在仍然在家？」

「我已委託同學替我告病假，不去了！」

「妳哪裏不舒服？」

「不是我不舒服。今天吃早餐的時候，電視新聞播了昨天

晚上警方搜查色情場所，抓了一些非法留港的女孩，説她們在色情場所工作。我們看見你在現場被人堵住。媽就坐在那兒不再説話了。都已經坐了好幾個小時了。我不敢出去，所以告假了。爸，你去那兒幹嘛？你不是吧！」

「我是在那兒工作，我跟其他執法機構一起工作嘛！你知道我的工作不能透露太多。我會跟妳媽説，沒事的。」

回想昨夜，我聞訊當下大吃一驚，到大廳桌上撿起車匙，又再立即驅車回總部。我心裏忐忑不安，為何沒有發現電視新聞外景隊的鏡頭？是否太不小心了？我並非怕自己暴露了，反正我的角色是統籌，已經很少直接參與到卧底工作之中，但炮艇活躍於大大小小不同的卧底行動中，而且現在仍然在扮演着黑社會的頭目。

當我回到總部停車場時，一不小心碰到牆邊。車房主管（外號「鬼喳」）趨前問我車子怎樣。

「剛想着調查的工作，可能有點心不在焉吧，沒事的。駕駛了十幾年，還是第一次碰撞了。」只是車頭刮花了一點而已。

我立即跑到新聞組，申請查看新聞錄像。我知道他們有錄下各大電視台的新聞播放。我的隊員仔細查遍各段錄像後，只發現我出現在兩個片段中，時間也很短，而炮艇則沒有出現過。

我終於可放下心頭大石。

5.7　週六大行動

我向上級報告了案情的進展。既然這段日子在調查過程中，要蒐集的資料和秘密錄取的錄音和錄像已經有足夠條件起訴謝老闆和油麻地警區 SDS 第二隊的其中幾名成員，可以提前結案，

以免夜長夢多！

　　大行動名叫 Operation Amsterdam，打算在一個週六的下午開始。基於行動上的需要，我們也聯絡了警方，他們指派了一名高級警司作為行動統籌。在他們的安排下，將會逮捕油麻地 SDS 的數名隊員。

　　「許 Sir，名單上的各人我們都可以安排廉署同事在警署內拘捕，但其中一位將會調職，現在正是調職前的休假中，你們要自己想辦法。」

　　「他有沒有離港？」

　　「我們已經聯絡了 Immigration（入境處），他仍然在港。據他上司說，他剛買了新居，請了兩週假期安排裝修。當然他沒那麼快搬遷的，裝修時間會很長，這是他新、舊住處的地址。」

　　由於發生了 Linda 的插曲，我們將會提前結案，不會等待那名警員銷假。我們決定繼續週六進行抓捕大行動，而在該天早上 6 點則先派人前往這名前 SDS 隊員在旺角的住處抓人。

※

　　當天上午，我在 Command Centre（指揮中心）候着。無線電傳來消息──

　　「許 Sir，我們 6 時 15 分前往目標人物住處拍門，但他已經不在家。原來當他的家人還在熟睡時，他卻習慣每天早上去跑步，吃完了早餐才回家的。」

　　「你有甚麼打算？」

　　「我們已經控制住他的家人，也有人在附近監視，還有人在附近找他。」

「要很小心，and no confrontation please.（請不要做成衝突）。」

據警方的消息，該名 CID 是神槍手，所以 on-street arrest（在街上拘捕）或在家中埋伏會有些危險。評估了風險之後，我們決定在他住所樓梯口的小販攤檔前對他作 ambush（伏擊）。

「找到他了，在附近投注站。」

早上 11 時，他吃完早餐、在馬會投注站待了很久才出來，邊走邊看着那份「馬經」，根本沒有留意四周環境。我們派出的人員，相貌與平常的那個小販當然不同，所以該同事假裝整理貨品，彎下了身子不讓對方見到樣貌。

就在目標人物經過小販檔一刻，「小販」故意打翻了木枱，幾十個橙子滾得滿地都是。當行人停步時，那名疑犯正處於住處樓梯口的人群之中，站在他身旁的其實都是廉署人員，我們成功將他拘捕。

整天行動中，我申請從其他各組調動了一百多名同事協助，另有 10 名廉署火槍隊的隊員 standby。

下午的拘捕行動進行了五個多小時，在油麻地一帶查封了幾十家色情場所，包括很多並非謝老闆的其他「骨場」（按摩院）和「魚蛋檔」，共拘捕了 70 多人。由於行動頗複雜，變數多和不確定最終被捕人數等因素，所以事前的部署非常仔細，並借用了區內一所女子中學作為臨時的 Operation Base（行動基地）。當時學校已經下課，這也是我們選擇在週六下午行動的原因之一。

這個臥底行動每一刻我們都是「如履薄冰」：恐怕廉署在調查案件時賭博贏了太多錢、恐怕被外間指責廉署設陷阱給警務人員、恐怕被抹黑成廉署用公帑參與到色情場所等等。我們

很小心地跟隨着上級的每項建議。除了投資，我們完全沒有牽涉到「這盤生意」的實際運作。

幸好審訊過程中讓傳媒與公眾都清楚了解到廉署行動的必要性。最終有關的警務人員、場所持牌人和幕後老闆全部入罪。傳媒方面大致上都正面報道，還讚賞廉署人員在蒐證方面的傑出能力。但如果沒有警方協助，相信這次行動並不會如此成功。

案件審結後，Ricky 仔辭職了。他說這種工作不適合他。我費盡唇舌亦未能挽留他，沒辦法。Marco 説這段時期壓力太大了，我給他放一個長假，讓他可以跟妻子去旅遊散心。炮艇露面會有危險，暫且不適宜轉往負責其他調查工作，所以安排他在總部處理文件。他一時間從呼咤風雲的「大阿哥」變回辦事處普通職員，當然有點不習慣，下班後總想去酒吧或夜總會流連。我有很多事務等待着要處理，也沒有太多精神可以放在他身上。

有一天炮艇來到我的辦公室。他拿了一張紙給我看。
「這是 Linda 的姊妹那天晚上在她的梳妝台發現的。」
我看到上面寫了幾句：

> 我曾經失落、不羈，視線模糊。但愛如飛絮，總在我面前亂舞。當我以為已經得到了它，牢牢地抓着時，你卻不經意地把它吹走。

我看罷心中戚戚然，的確是紙短情長啊。我跟 case officer 阿 Kent 説：「這跟案情無關，不需要放進檔案裏。」我把這張

紙放進抽屜，一直不敢告訴 Marco，幾個月後乾脆直接把它放進碎紙機算了。

至於妻子，她鬧情緒了好幾個星期。這次時間較長。

她很介意我為何一聽到有女孩子自殺便立即飛奔出門。就算案件審訊期間，傳媒揭露了很多細節，卻不會包括這些幕後的故事。

很多事情我都無法向她解釋。

由於整個臥底行動的複雜性和危險性，為了做到絕對不能出錯，我在調查行動進行期間、日夜不停地和我的隊員緊密聯絡，在那個沒有智能手機的年代，只可以在約定的時間和地點直接接觸，而且經常是在深夜，在酒吧、夜總會的後巷，在大牌檔。

有一天我對於女兒升學的事情表達了意見。

妻子說：「你也關心她們嗎？這大半年來你經常凌晨才回家，有時候兩三天不回來睡，這個家好像沒有你也行啊！」

「No，我的人雖然不在家，但我的心每一個晚上都在這兒……因為這裏有妳！我們要的不是三天兩週，而是長相廝守。我總會退休、總會停下來的。」

她兩眼通紅，定定地看着我。

「你知道我不求你當多高的官，哪怕是再等二十年、三十年，到時我們一起旅遊，在天地間徜徉，於願足矣！」

兩情若是久長時

又豈在朝朝暮暮

——秦觀《鵲橋仙》

可公開情報

- 黑廳：提供色情活動的場所
- 雞竇：妓院，後來為避檢控而改成一名妓女配一個住宅單位，又稱「一樓一鳳」
- 骨場：按摩院，分「正骨」和「邪骨」，後者提供色情交易
- 魚蛋檔：設廂座，安排女孩子供客人狎玩
- 飛機場：包括魚蛋檔或骨場，有女孩子可代手淫的地方
- 舞廳：有較正派的舞廳，只提供小姐伴舞（當然可由雙方議定，帶小姐外出），亦有跳「邪舞」的地方，類似魚蛋檔，又稱跳「手指舞」
- 放蛇：警務人員假扮成嫖客蒐集犯罪證據
- 黑錢：用於賄賂的金錢
- 吹簫：口交
- 老細：經營色情場所的人
- 黃氣：「差佬」，即警務人員

第六章 販毒

森林

6.1 毒品氾濫成災

這段期間，我是比較清閒的。

在我晉升為首席調查主任後，仍籌劃過幾次臥底行動。至於警方的集團式貪污問題已獲解決，除了因接連破獲大案外，也因為「防止貪污處」建議重組警隊架構收效，還有「社區關係處」的系統性研討會和講座的成功。其他各政府部門也更廉潔而高效了，除了在各級落實「肅貪倡廉」的 Supervisory Accountability（責任承擔）制度之外，也開始各自推出 Performance Pledge（服務承諾），提升對市民的服務效率。

一個夏天的上午，我在辦公室喝着咖啡，正在翻閱面前厚厚的檔案。這些案件都是與警方有關的，但近年來已經愈來愈屬於 petty cases（很瑣碎的案件）。涉案數額小，而且並非 syndicated corruption（集團式貪污），只是涉及一、兩名警務人員的案件。這是好現象，證明社會改變了，執法部門的文化也改變了。

就在這時，電話響起。

「喂，許 Sir，是我！……許 Sir，還記得我嗎？」

我心中一怔，這聲音很熟悉，是久違了的 Summer_7。

「你不是在台灣嗎？」

「回來啦，我們喝杯咖啡好嗎？」

「怎麼了？有好消息給我嗎？」

「當然！你能來觀塘喝個下午茶嗎？」

「幹嗎要到觀塘？你不方便到中環來探望我嗎？」

「我想給你看的東西在觀塘嘛！」

「好的，下午 3 點，確實的地點在何處？」

我和 Summer_7 約好了在觀塘裕民坊一家茶餐廳見面。

在眼前出現的人不太像 Summer_7。以前的他頗為英俊，但現在瘦了，兩撇小鬍子不見了，不穿獵裝穿短褲，也改了穿運動鞋，又不穿襪子。老實說，眼前這名又瘦又老的男子，比起當年散發着古龍水氣味的 Summer_7，更像一名道友。

「Vincent，這部錄音機的聲音不錯的，你試試聽這首歌錄音的水平如何？」他胡亂地給我起了一個 Vincent 的稱呼，遞給我一個耳機，還示意我聽一段錄音。

錄音裏是他的聲音，應該是他預錄了的，提到觀塘裕民坊的毒品問題：

「我現在想指出觀塘裕民坊的毒品氾濫問題。這裏有多個『白粉檔』，在銀都戲院旁賣涼菓的是一個、在對面小巴站前修理鐘錶的是一個……算起來一條裕民坊和附近街道上就有八個檔。老同想買白粉，每天從早上 6 時至深夜都有供應，比買腸粉更方便。因為『白粉』都預先放在附近隱蔽的地方，檔主收了錢才告訴那些『道友』往何處自己取貨，就算他們給警方逮着，抓到的都只是『道友』而已。據了解整個銷售網只屬於一個大當家，當然這個『竇』（窩）有警方包庇。」

「這首歌很好聽啊！還有其他歌嗎？有沒有徐小鳳的？」我隨意給了他一個反應。

「我也很喜歡聽她的歌，我們先喝點東西，然後出去走走，一起去旺角買好嗎？」

我們坐了一會兒便離開了餐廳。他帶我在裕民坊裏賣錄音帶的幾家小店走了一趟，讓我可近距離看看那些他指出的「白粉檔」。其後我帶他前往附近最近的廉署分區辦事處，在牛頭角定富街，作進一步詢問。

「我想再進一步了解情況。」

「可以呀！但你剛才有沒有發現那餐廳裏也有『天文台』？

所以我們要很小心。」

「你還有『high 嘢』（吸毒）嗎？」

「沒了！那次給你抓去換血之後就戒了。」

「那你怎麼又跟他們在一起？」

「我沒有呀！只是現在沒工作，所以久不久替人帶貨，主要是些冒牌錄音帶，賺些零錢。我看到這裏的情況，就想起你，因為你是我的財神爺！你看這次我當線人之外，當臥底是不是也行？」

「我知道你沒事就不會找我，你已經不是梁先生了，你要小心，別以為過去的人永遠都找不到你。」

「我是『契弟』（廣東話中用以罵人的粗語，大概是自稱「孫子」的意思），沒有人會注意我的！」

我跟 Summer_7 說要先向上級報告，沒有即時答允他任何要求。他也熟悉廉署工作程序，所以我們約好了翌日他再上總部做正式取證，屆時會給他答案。

當天下午，我即時向上級做了初步報告。我曾經和 Summer_7 交往，知道此人為利益而已，但他的情報卻是真實的。上級的建議就是 handle with caution（小心處理）。

「Summer_7 不能真正當臥底。他演的是道友，而老同之間是很 close（接近）的。他不曾受訓，容易敗露。」

「這樣吧，我們可要求他當線人並混進這集團。我們會與律政司詳細分析可能出現的情況，並徵詢其意見。」

6.2 用線人取得情報

Summer_7 第二天並沒有出現，只來了個電話，說自己有

點事。幾天後，他才前來做了正式取證。我把我們的決定告訴了他。

「我們商議後，建議你混進去，你認為有沒有困難？」

「可以呀，過往也曾經有白粉檔的『老細』找我做『艇仔』。」

接下來的調查工作再繼續了一個多月，雖然 Summer_7 多次接到「通風」要「洗太平地」，但始終未能確定通風報信者的身份。

請示律政司後，我再與 Summer_7 會面。

「若粉檔『老細』再找你做『艇仔』，你便答應下來。但注意不要主動售賣毒品給道友，要盡量避開道友。你的主要任務是蒐集白粉檔的行賄資訊，並不是替他們販賣毒品。若然避無可避，你也要把販毒所得的金錢交給我。」我說。「每天晚上，我會跟你見面並錄取口供，你需要把當日的活動情況告訴我。」

Summer_7 都一一答應下來。

※

這天 case officer Alan 在工作會議上作了報告：「Summer_7 這名職業『古惑仔』果然熟能生巧，很快便以一名老同的身份混進這集團當一名『艇仔』。兩天之前他向我們傳遞了消息，已經可以確認這個區的毒梟是『大鼻林』。我們因此可以透過其他途徑取得此人的更詳盡資料。」

AD1 問：「至此，透過這案件已賣了近一磅海洛英了，怎麼辦？」

廉署經過多年的發展，現在有四名 AD 分別領導二十多個 Groups（大組）。AD1 是其中之一。

「我打算再重複十多年前黃大仙的案件的辦案方法，派我的臥底隊員假扮買家，向他們購貨。」

「已經有 Summer_7 就夠了，何必找另一幫人馬去買貨呢？況且你的臥底隊員也不年輕，不適宜冒這個險啊。你自己都已經是首席調查主任，也不可能直接參與任何前線臥底工作了。」

AD1 的話也有道理，歲月催人，我的隊員老了，莫非要申請部門另派 UC ？

6.3 十年人事幾番新

「你自己説説，你的隊員現在如何？是否只剩下幾名？」

他這樣一問，的確勾起了我的內心傷痛。

「油麻地色情場所案後不久，Ricky 仔辭職了，我費盡唇舌也未能把他留住。炮艇因無法抽離而繼續流連煙花之地，以致陷入財困繼而借貸，被內部調查並告上法庭，最後離開了廉署。」

「懲前毖後，以保障廉署的健康發展，是必須的。炮艇自己也很清楚。其他幾個 UC 聽説也離開了。」

「幾年前老鬼陳因患癌症，不想累及家人而自殺了。小黃去年因為舉家移民，離開廉署了。幾個月前，driver 莫在家中看電視，睡着了就沒有醒過來了，醫院説是突發性心臟病。同事説這也是一種福分，自己和家人都不會受長病久痛的折騰。」

「所以説，人有悲歡離合、月有陰晴圓缺，半點不由人。」

「那也是……」

那天晚上我和剩下的五個隊員一起喝了一整晚的啤酒。其實我不愛好泡酒吧，也不喜歡喝啤酒，但那天心情不好，約了

隊友們一起痛快地暢飲一次吧。畢竟我們一起已經十多年了。

兩天後，AD1 召見了我。

「Ricky，我要成立一個 Task Force（專案小組），還欠兩名同事，你對下屬非常了解，我想聽聽你的意見。」

他說的是阿牛和阿松。

「阿牛是天生的演員，演甚麼像甚麼。變化之大可以從一名落拓的街邊老人以至穿金帶銀的暴發戶，或是斯文瀟灑、穿西服結領帶，滿口英語的 CEO。可塑性很大。但因為屢破奇案，雖然不至於輕世傲物，卻有時候會 try to be smart（演小聰明），需要時常警惕他。阿牛初入組時的衝勁有如狂牛，又不愛受訓，只愛工作，每次安排他受訓都自嘲像要入『牛棚』，他姓彭，所以又自稱『牛棚』。但他做案子很投入，也不惜工本，曾為演得更像一位老闆而自費打造了一條金項鍊，至今仍天天戴着。」

「他很爽朗，在走廊的另一邊已可聽到他的笑聲。」AD1補充。

「對，那是他的真性情。」

「阿松又如何？」

「張松達是非常謹慎的人。他很有福氣，別看他只有五十多歲，他的孫兒都已十多歲了。他精通賭術而不好賭，可以在眾人面前點燃着香煙一起傾談，但原來自己是不吸煙的。他能喝而從來不醉，也不嗜酒。心思細密，很照顧下屬，是一百分的好人。他的臨場應變能力很強，大家都說他人如其名，如松樹般穩健，但他卻自嘲是『阿蟲』而已。可見其人的自信及樂天性格。他也是一名出色的公關。」

6.4 一點曙光

觀塘案子的調查工作一直膠着。

這天聆聽 Summer_7 作工作匯報時，他説：「老闆要搬地方，因為那包裝場地太小，容不下幾個人，業主又不願意更換那破舊的空調。地方太熱和太潮濕不利工作。」

「他要的是甚麼地方？」

「他要租，不買，方便隨時轉換地點。他不全租，要獨立分租房，分租的租約相對簡單，一般都只需要用地產公司表格，又不用『打厘印』（做公章認證），那便不會留下太多資料，還可利用別人的名字。」

「他真是老江湖啊！」

「還有，他要選擇觀塘區，這是他的『地盤』；要高層，最好 12 樓以上，還要有露台可當『天文台』；要在住宅區，萬一有情況他們可馬上撤退。」

當我們正在猶豫下一步調查工作時，卻突然發現黑暗長廊裏的一點曙光。這對廉署的調查隊伍絕對是喜訊。我陪同 Alan 把這些資料都向 AD1 作了報告。

「只要找一個適合這名毒梟的地方，分租給他，便可近距離了解他的毒品包裝及分銷工作，並可知道牽涉在內的警方勢力和資料。」Alan 説。

「你可能要和 TSD 一起找地方，看看他們能否做到我們要求的錄像和錄音效果。」AD1 的回應讓 Alan 十分鼓舞。

6.5　部署新包裝工場

　　Alan 對於設計臥底行動和佈局還是沒有經驗，所以 AD1 讓我「親自操刀」。我物色了一名主要做財務分析的廉署外籍同事當「包租公」（主租客戶）。我們租了觀塘月華街一處高層住宅單位，該處擁有一個大露台。我找了 TSD 的劉 Sir 幫忙，他派了一名同事前來一起觀察場地。

　　這天 AD1 也來了，要在現場聽我們報告和解釋。我知道這案件已經動用了很多資源。

　　「這露台應該很吸引，剛好看到整個屋苑的大閘，一方面

月華街今貌

可以作為他們的『天文台』，另一方面可供他們休息和抽煙之用。」

「這裏有三個房間和兩個廳。中央的房間是『包租公』的，他的背景是海員，不會經常在香港，對方只需要按月把租金入賬到一個指定的銀行賬戶便可。」

「簽約呢？」AD1 對整個佈局一直都很在意。

「這住宅由『包租公』在港的親戚託管，那人即是我們的同事，這方面沒問題。」Alan 說。

「好，那我們先部署一切和讓 TSD 做測試。」

「全部驗證妥當即通知你。」TSD 的同事似乎很有信心。

「要盡快，在他們尚未租到地方之前。」我說。

「怎樣可以保證他會租用此單位？」AD1 問。

「放心，做住宅的地產公司主要集中在協和街，還有兩家在裕民坊，共六家，每家都已經安插了一名我們的同事了。」Alan 答。

※

在這段期間，幸好 Summer_7 頗能獲取毒梟大鼻林的信任，可經常出現在原有的包裝場，並傳遞給我最新的情報，否則事情不會那麼順利。

這天我剛在職員餐廳午膳，傳呼機響起，顯示「KD」，那是他自稱「契弟」的廣東諧音。接着是「H‑4pm」，H 即是house（房屋）。暗號指出大鼻林選中了一處住宅，正約好下午4 時前往視察。

我是早有部署的，又要請霍爺出馬了。我馬上用約定的方法聯絡上 Summer_7，確認了單位及地產公司，即與霍爺出現在

該地產公司中。我們假裝租客，希望分租房間並佯作評估不同單位及價錢。但這些都是小單位，所以不會有分租，是全單位放租的。在過濾所有條件後，最後我們理所當然地與毒梟選中同一個單位，並與該公司的另一位地產代理前往看房子。到達的時候，我們在大廈電梯大堂與大鼻林碰個正着。兩位地產代理互相打招呼，我和霍爺則不動聲色。

「這地方不錯哦！」

看房子的時候，我一直小心留意着 call 機。我將 call 機調整至震動模式，關掉了聲音。一段時間後，call 機傳來「000」的訊息，代表「無料到」！即毒梟認為不適合。

「我看這地方我們還是要考慮。」

我在地產公司的職員面前向霍爺表示接下來有約，以示不想再看其他樓盤。霍爺明白我的意思，便說先要回去考慮，再回覆地產公司，我們便離開了。

如是者一星期內再出動了兩次，涉及不同的地產公司。

為了更好地聯絡及調配隊員，我申請了一部流動電話（那時候第一代的「大哥大」剛推出市場）。

※

這天，在某地產公司「上班」的同事打電話給我——

「許先生，我現在在觀塘警署，因為有人闖入公司搗亂，我們公司好幾個同事合力制服了他，但可能被告打鬥罪，公司沒有律師，你能幫忙嗎？」

他稱呼我為「許先生」，我就知道又出情況了。同事不可以表露身份，所以我馬上向 AD1 報告了，我們立即聯繫了一家律師事務所，並派了一名同事以朋友身份陪同律師出現。

其實意外總會不斷發生。這次是生意上的爭執，有業主在樓宇買賣中懷疑被騙而前來討回公道。

由此可見，佈一個局要動用的資源和人手，往往無從估算。

又過了幾天，在一個接近下班的時候，我再接到 Summer_7 的 call 機訊息，知道大鼻林又出動了。這次由另一家地產公司提供單位，該單位位於月華街，是分租的高層單位。我知道這次應該非常接近他們的需要，為了堵着他們，我和霍爺乾脆直接在地產公司即時說：「這單位我們不是看過嗎？」

「對，從另一家地產公司那兒給介紹過的。當時嫌租金太貴嘛，現在下調到這個價錢才對嘛！」

「好，我們要。」

「但業主還未下班，要晚上才能簽約。你們可以等的話，我馬上打電話給他約時間吧。」地產代理忙道。

「這單位我們要定了。你先讓我們簽了，業主可以自己來簽，簽署後我們晚些時間才來拿取副本即可。」

我們交了兩個月的押金和一個月的租金，並馬上在地產公司簽了臨時約。如此一來，大鼻林一定租不成了。

正在此時，call 機再響起，是 TSD 的劉 Sir。他通知我一切都部署好了，讓我翌日去現場看看，他的同事可以向我解釋。情況非常緊急，我要求他們「開 OT」（加班），要趕在當天晚上看場地。我着霍爺先行回家。

6.6 發揮創意隱蔽監視

抵達該處時 TSD 幾名同事都在。中央的「海員房」內放

置了多台錄像和錄音儀器，屋內各處都裝了針孔攝錄鏡頭及收音器。

「本來甚麼都沒有的『吉屋』，現在真的很像一個『家』啊。」

「我們在屋內放了這些家具，加了燈飾和全套音響設備、電視等等，所以有很多可以裝機的隱蔽地方，而且我們用的器材非常微型和先進，很多都是首次使用的。」

我指着大廳中的一個茶几，「我們估計要對這個位置做很多的錄像，最好能夠有一組鏡頭可調整距離，把嫌疑人在客廳中央的行動用遠攝鏡拉近來錄像。」我提出了一個新要求。

「這可以，我們馬上做，但『針孔鏡』的效果不佳。這樣吧，我把這揚聲器三個單元其中之一掏空了，在這位置套上一組可調焦距的鏡頭。」

「怎麼隱藏？」

「外觀跟這些單元百分百一樣，看不出來的，你可以放心！但是，希望你明白，無論儀器有多先進，始終都是有極限的。我們嘗試過讓同事在『海員房』內做操控，但活動聲音太大，為了安全計，我們仍舊選擇用遙控。我們很幸運，在樓下一層租用了一個臨時單位，遙控台就在那。」

TSD 的同事帶我往樓下的單位內視察，果然樓上一切瞭如指掌，甚麼都可看到聽到，幾乎全屋沒有「死角」。那些「小東西」，就算同事們已向我逐一指出其位置，大部分還是找不到、看不見的。

「我們的工作全是 covert（隱蔽）的，這大廈的管理處當然毫不知情。還有，由於大廈分單雙數樓層電梯，所以我們TSD 的同事進出也不會和樓上單位的住客碰面。你可放心。」

為了保密原因，我只提出要求，TSD 基本上是不知道案情

的，但觀乎現在所作的部署，不得不衷心感謝和讚賞他們所做的一切，是如此專業和一絲不苟！

6.7 不法行為盡收眼底

翌日，據聞大鼻林因為租不到心儀的單位而跑到地產公司破口大罵。這給了 Summer_7 一個很難得的機會。

「老闆，你喜歡月華街嗎？我的老朋友帶我去過那兒一個單位，是他任職的公司經理的親戚的房子，但屋主是海員，常年不在家，便將單位交給這位經理打理。那天經理剛着我的朋友去打掃，他就帶了我去那兒聽音樂，那套 Hi Fi 很高級的。那裏有兩個丟空的房間，不過我要問問他租不租，因為人家不缺錢，可能不租的。噢，還有，那位經理是外籍的。」

事情比我想像中更順利。Summer_7 因為是介紹人，所以不單只可以經常自由進出該單位，而且還獲得他們的信任，負責掌管一套鑰匙。我們每天看着 TSD 拿回來的錄像副本，看到他們在那兒談笑風生，摻雜質、分裝、入包等等，平均每週出貨約一磅。他們也會接到一些電話，隨即向大鼻林報告：「老闆，明天下午 3 時裕民坊洗太平地！」他會立即着所有白粉檔偃旗息鼓，停業一天。

「許 Sir，Summer_7 也親自接過這樣的電話，但始終無法 trace 到 caller（找出致電者是誰）。」

這種膠着的情況又過了個半月，亦即從正式展開全面行動、由 Summer_7 介入至今已四個多月，經此毒窟流出的「白粉」已不少，仍然未能找出包庇販毒的警務人員。

6.8 包裝工場竟被發現

禍不單行，有一次 Summer_7 正離開包裝工場前往官塘裕民坊，怎料出閘門時，不幸碰見街上巡邏的軍裝警員。警員在 Summer_7 身上搜到五包細裝白粉及一串鑰匙，當場便拘捕他。

「這是甚麼？」

「沒甚麼，只是鑰匙而已！」

「甚麼地方的鑰匙？」

「我家的。」

「幾號？幾樓？你現在帶我們去這地方，我說是要能用這套鑰匙開門的地方！」警員非常懷疑。

「我能打電話嗎？」Summer_7 問。

「現在不可以。我們只想證實這套鑰匙是不是你偷來的。」

「那是我朋友的家！我代他看管而已。」

Summer_7 絞盡腦汁也未能糊弄過去。警員試圖以每一把鑰匙去開啟每層樓的每道大門，終於發現了包裝工場，並立即報告官塘警署。

我接到消息，馬上趕赴現場。當時那裏的一切已被搜查了，包括放滿器材的房間。在場有幾位軍裝警員，其中一位是警司。看他剛四十出頭，很有禮貌。「這位先生說自己是在為廉署工作，是嗎？」他向我解釋到場的原因。我向他自我介紹，其後詳盡講解了我們這次的行動。

警司詢問：「需要我們警方提供甚麼協助嗎？」

我說：「警方最好能立即不動聲色地 stand down（撤離）。It's still on-going（這案件仍在進行之中），所有毒販目前仍在裕民坊販毒，如果他們知道『粉竇』已被偵破，定會作鳥獸散，往後極難再找到他們。這事情有點特殊，還請你們多擔待。」

警司聽罷，二話不說，帶着其他同事安靜地離去。臨走前，他對我說：「我們理解的。Ricky，祝你好運。」

第二天清晨，廉署採取行動，成功拘捕了七名涉案毒販包括「拆家」、「艇仔」等。七名毒販隨後都一一被繩之於法，判監 20 至 30 年不等。

這次行動，雖然始終無法確定通風報信者的身份，但成功瓦解了這個活躍於官塘區的販毒集團，有效制止了這一帶的販毒活動。

6.9 餘波未了

一天，接到報案室通知，說 Summer_7 要求見我。

我帶他到會客室：「你怎麼那麼快又出現啦，不怕嗎？」

「無所謂，反正現在甚麼都沒有。」

「你的線人費呢？」

「都被女孩子給騙啦！她也真夠手段，也夠狠！」

「連你也被騙了？甚麼女孩子那麼厲害？」

「是一名舞女。唉，別說她了，我想你可能有辦法，我替廉署做了那麼多事情，你看看是否可以再做個報告，再弄一點錢給我。」

「甚麼？那些錢不是我的也不是廉署的，是政府給的，而且有規有矩，經過申請、批准等程序，金額也並非隨意估算，是按標準的。」

「那你私人借幾萬塊讓我先渡過這兩個月好嗎？」我當然一口拒絕，並且立即向上司報告與他會面的事情。

三天後，L組（廉署內部監察調查組）負責人徐 Sir 約見我，說有人投訴我在十多年前調查一宗案件的時候，容許線人定期吸毒，並投訴我藉查案之便，與一名女同事常到理想酒店鬼混。

基於保密原則，徐 Sir 當然不會告訴我投訴人是誰，但我一聽便知道。我把申請四萬元替 Summer_7 換血的檔案紀錄調出，雖然也按保密程序遮蓋了人物資料，但足以清楚顯示是我建議替線人安排戒毒的，而且在調查工作的早期階段已經完成。那他為何還需要吸毒？至於「理想酒店鬼混」這一指控，我在理想酒店每小時的工作都有 notebook 內容可互相核對。

結果 Summer_7 差點給廉署起訴誣告罪，最終律政司建議我們 caution（警誡）他。這事情提醒了我和我的組員，當臥底及與線人交往，每件事情都要「落簿」，萬事小心！

這是 Summer_7 第二次協助廉署的調查工作。自此我再沒有聽聞他的消息了。

6.10 建立警廉通報機制

在這宗案件的調查過程中雖然顯示有人「通風報信」，但卻始終沒有一名警務人員被證實涉案。在這案件審結時，於結案陳詞之中，法官勸喻：「我認同廉署這次行動，合情合理。但如果廉署早期便知會警方，會否更妥當？」

這一句話在傳媒的報道下，引起坊間討論。

「許 Sir，我是 Press Office（新聞辦公室）的同事，想在下午開會之前多了解一些有關觀塘 Drug Case 的細節。」

我和他們解釋了一些細節，讓他們更能掌握到當時調查工

作中每一個決定的原因。其後，我們鄭重地告訴市民：「廉署對於每一個投訴，都會以『鍥而不捨』的態度來處理。」

經過了社會上的一番討論，政府決定由法官、法律界人士、有名望的社會賢達等組成一個獨立委員會，研究這次廉署的調查工作是否有需要改善的地方。該委員會由廉署提供一名助理處長當秘書，以方便取得某些重要文件。

在廉署的全力支援之下，該委員會花了六個月的時間，順利完成工作，並作出聲明：「廉署在整個案件的調查工作中，每一項行動都是有法律依據的，行動部署也是合適的，沒有任何錯誤之處。同時，委員會亦建議，『在可能的情況下，可在較早期的時間知會警方』。」

其後，這做法變成了一項常規。每次有警務人員涉貪，廉署都會在調查工作的較早階段便透過「警廉合作小組」知會警方。這也正式奠定了「警廉通報機制」。

委員會也極為讚賞廉署的超高難度取證方法及其成果。這當然是 TSD 同事的功勞。我事後一再向劉 sir 及其團隊表示感謝，他只是十分謙遜地說：「不需要道謝！大家都是為廉署做事、為市民服務。儀器也非我們發明的，只是用得其所而已。」

「這也是，如何精密的儀器，還要看是誰用，為甚麼目的而用。」

旁邊的新聞組同事說：「有些市民覺得我們做了那麼多的工作，卻抓不到『大鱷』，替我們可惜。」

「Ricky，這是你的 case，你覺得呢？」

「我們認清楚目標，然後盡力在做應該做的事而已，不會本末倒置。」

物有本末
事有終始

— 《禮記・大學》

第七章

裂牌欽財

市政局貪肆照牌

7.1 藉着審批 違法斂財

　　只要有人貪污，廉署都會調查。各個政府部門以至商界的不同範疇，都有可能出現貪污。以下一宗案件就牽涉到食肆發牌的程序。

　　我離開專責調查警方貪污的隊伍已經一段時間，那天交來的新檔案涉及一家「花膠皇」的連鎖店。我交了給 Section Head Jimmy 負責。一週後的 case conference 中，Jimmy 陳述了初步調查結果。

　　「投訴人張先生，年青有為。他以前是某某大酒樓的『買辦』（負責購買食材的職員），在行內待的時間久了，認識到如何可以買到合理價錢的優質食材，所以與朋友一起開了第一家『花膠皇』，提供優質但不算太貴的燉湯，以花膠為主打。」Jimmy 先給大家講解有關這家「花膠皇」連鎖店的基本情況。

　　「第一家『花膠皇』不算成功，虧了本，張先生的合伙人中有人退出，他買下退出者的股份，辛苦經營，轉虧為盈，現在股東剩下三人，以他為最大，佔 65%。」

　　「投訴內容如何？」我問。

　　「Maria，妳說説案情吧！」Jimmy 把時間交給 Maria —— 他的隊員——去詳細介紹投訴的內容。Maria 是這宗案件的 case officer。

　　「Yes，sir！投訴人開第二家分店時，曾納空租六個月。後來他往市政署九龍城市政大樓見一位負責九龍城附近一帶食肆發牌工作的高級衛生幫（高級衛生督察）卓先生時，卓幫辦建議他往衙前圍道找一家名為『昌發』的裝修公司，那是一家專門提供服務給酒樓食肆的公司，可以獲得一條龍的服務，從申請牌照、裝修、報電力公司和報消防等等，全包，快捷方便，

而且掌握着所有規格資料，所以可能會快些獲批。」

　　「這也方便啊！而且有熟悉法規的人協助，一切依循規則做，當然會比較快！」我說。

　　「表面上看來是這樣，但投訴內容揭露了更多與那家裝修公司交往時的細節。」Jimmy 說。

　　「投訴人說他按卓幫辦的建議往衛前圍道找昌發裝修公司的老闆洪先生（人稱洪爺），他向投訴人張先生展示了一張收費列表，並且表示如果要『快』，便要由他們來做裝修。張先生表示已做好了裝修，而且電力公司和消防處都來看過了，只是市政署還未批。對方說可能裝修不合規格，他們會先看看店舖再報個價。」Maria 繼續陳述。

　　「其後洪爺說裝修果然有問題，有些部分要重做，並向張先生報價八萬元『改裝費』，說改裝後保證可以立即獲批。雖然改裝的費用頗貴，張先生還是依從了。結果改裝工作做了九成，尚未完工，牌照便出來了。」Jimmy 很努力地解說案情。

　　「這可以說明甚麼？在法庭上能證明甚麼？到此，nothing！」我搖了搖頭。

　　「對啊，所以當時張先生仍然未想到要作出投訴。但是有一點值得懷疑——張先生說，那次與卓 Sir 會面時，卓 Sir 的說話很小心，一直都只是在談論規格、程序，教他怎樣做。既沒有談及金錢，也沒有說要收取甚麼。在談得差不多的時候，他才示意張先生，遞給他手中拿着的一疊報紙，然後在上面寫了『衛前圍道』和『昌發』幾個字，所以就算錄音也不會有甚麼結果。張先生回想起來，才覺得太曖昧了，他認為卓 Sir 與洪爺兩者必有勾結。」Maria 繼續說。作為 case officer，她也表現得很積極。

　　「更明顯的問題不在第二家分店開幕一事上。大半年前，

張先生打算在福佬村道開第三間分店。他找來相熟的裝修公司，把店舖裝修得與第二間一模一樣，座位、牆壁、用料、廚房規劃、灶頭、混水煙罩、隔油池，連廁所都一樣，但還是等候了五個月。到了這個月初，他再找昌發，被洪爺取笑了幾句，交了『改裝費六萬元』。但這次不需要做任何改裝工作，兩週後第三家分店立即獲批經營，所以促成他馬上跑來廉署投訴。」Maria 再詳細地解釋。

「那麼你們與那家裝修公司聯絡時，是否可以錄音？」

我對這個案件頗感興趣，並提議他們考慮找 TSD 幫忙。

7.2 收賄手段　迂迴隱秘

其後 Jimmy 的團隊以申請牌照的名義找昌發，也裝了錄音機，但都只聽到洪爺不斷重複用料、市政署的規定、程序等等。我們調動了兩個不同的人員組合，得到相同的結果，沒有進一步的資料。

一個月後，Maria 告訴我們跟蹤隊找不到洪爺與市政署職員的交往，她從銀行賬戶中亦找不到任何他們在財務上有聯繫的證據，但卻發現洪爺多年前曾於市政署工作，是一名 foreman（事務員領班）。他當年的上司就是現在的卓 Sir。

「Maria，他們的收賄手法頗為迂迴，表面上是裝修費。所以，一定要知道裝修公司是如何與背後的市政署職員分錢。你有兩個選擇，你可以向卓 Sir 埋手（展開調查），或者直接調查昌發的洪爺及其財務收支、他接觸的人物等。既然銀行入賬沒有紀錄，說明交收極可能是用現鈔。那我們應該注意從昌發提取現鈔的時間及其流向，所以應該選擇以洪爺作為 prime target

首要目標。」Jimmy 給出了他的意見，我也十分贊同。

「最近 complainant（投訴人）好像有計劃再開分店啊！」Jimmy 說。

「真的那麼賺錢嗎？」我問。

「不知道，但他的幾家分店每天晚上都爆滿，門外還有人龍。」

「那可以跟張老闆說，找一個人當成是他的 partner，一起去找洪爺，這次我們要詳細計劃部署。」

「我的隊員都已經在昌發出現過了。」Jimmy 有點惘悵。

「那我去一趟如何？」我認為應該出動了。

「當然好啊，只是我不好意思作此建議。」

※

我們和張先生約好了到昌發談新的裝修合約和價錢。張先生最初不太願意直接介入到廉署的調查工作中。這也是一般投訴人的取態，是可以理解的。但我一再與他解說，這些貪污分子收的是申請執照者的錢，廉署的調查員上哪裏找那麼多的人來配合調查？廉署的宣傳教育喚起了他的「公民責任」，最後他還是答應了。

在籌備中我去了昌發附近走走。這店舖開在街角轉彎處，本來有兩扇玻璃門可向兩條街的不同方向進出，但有不少雲石塊放置在一旁，剛好堵着了其中一扇門。擺設的建材樣板料檔次都不低。

回來後我召集了 Jimmy 和 Maria。

7.3 潛藏餐廳　監視目標

「在視察場地的時候，我發覺昌發隔壁是一家頗具規模的茶餐廳，佔了兩個相連的舖位，看來生意不錯，客人很多。雖然有七、八個『樓面』，但餐廳仍貼了招聘告示，聘請樓面與送外賣的小工。」

「阿 Sir 的意思是？」

「這是一個極理想的 monitoring point（監視點）。我會安排，你們不需要參與，知道已經足夠。」

隔了幾天，餐廳方面傳來了好消息。我派出五人去應聘，終於有一名外賣小工的位置給我們拿下了。其實樓面一職也成功應聘，但不會去上班的，我們主要是看中了這外賣的崗位。我安插的人整天就坐在門外的外賣桌那兒，簡直就是在昌發的門口盯梢着。

正好這天洪爺的一名伙計到昌發門前向「土地公」上香，我們的「送外賣」同事立即找機會搭訕——

「是啊！我已經看過幾家的材料了。因為晚些家裏裝修，所以我想預先看看，也好做個預算。」

這樣，這位同事便可以肆無忌憚地往昌發的舖裏面看，甚至不時溜了進去「看材料」，也顯得十分自然。

※

我和張先生約定洪爺的日子到了。

「張老闆，生意那麼好啊，第幾家了？」洪爺打趣地説。

「第四家。也不是甚麼，每家才十幾桌，不是甚麼大生意

啦。」張老闆説。

「也在九龍城嗎？」

「不是，在新蒲崗。這位許先生，是我的『拍檔』（合伙
人）。」

我們雙方又再寒暄了幾句，張老闆展示了他的新店舖的圖
則，我們談了設計、材料及時間。洪爺即時取來一部計算機，
按啊按的，然後就給了我們一個價錢。我不知道那個價錢是否
合適，只看到張老闆向我點一點頭，示意「可以」。

「這幾天內，只要你付了裝修費的百分之四十，我們馬上
開工。」

「應該沒問題，我入賬後會給你電話！」

「這次其中部分可否直接提現金來？我們要購買材料啊。
這樣吧，其中的八萬塊用五百元的現鈔好嗎？」

我點了點頭向張老闆示意。

「好呀！三天之後我提八萬現金來這。」

其後張老闆告訴我，昌發的溢價大概是七、八萬左右。那
就對了，我相信那八萬元現鈔就是要給背後市政署職員的。

除了餐廳的臥底同事之外，我也邀請了跟蹤隊配合。

這天兩方面的報告都回來了。

Jimmy 做了分析：「在張老闆交付了現金之後的十幾個小
時之內，一共有十四名人士與洪爺接觸過。我們從錄像中看了
多遍，篩選了三名人士，一個是他的伙記，他回家途中曾跑進
銀行，但其後證實只是入錢到昌發賬戶中。一名是外貌很 man
（很男性）、很有明星面相的男子，三十多歲，曾經在這段時
間出入過昌發。另外一位是中年婦人，前來取了一包東西，然
後就匆忙離去，直接回家。幾天之後的報告顯示，中年婦人和
那名男子都沒有到銀行入賬。中年婦人原來是某食肆的老闆之

一，也是正在申請執照。」

「有甚麼比較有用的資料？」

「跟蹤隊似乎很懷疑那名男子。他們成功勾線監聽了他的手機，聽到他出外見朋友、與人聊天，到自己母親家中晚膳，但出動了三個小隊都無法成功跟蹤，跟蹤隊的隊員都覺得奇怪，說這名男子怎麼可以如此神出鬼沒。」

「他們務必要找出一些聯繫點，錢，我們已經付了。這可怎麼交代？」

7.4 背後大鱷　呼之欲出

那天 Jimmy 接到了跟蹤隊某隊的隊長電話，我們立即開了個電話會議。

「許 Sir，我們監聽到那名男子與另一名市政署總衛生幫的電話通話，case 似乎有新進展。」那名隊長說。

「該名男子姓萬，大家叫他阿 Man。」

「他的外型的確很 man 啊！」Jimmy 看着在電腦屏幕上的男子照片回應。

「這名萬先生似乎是昌發與市政署職員之間的中介人。」

「他們有談及收錢的事，但只是四萬，現在還弄不清楚另外四萬元去了哪兒！」

「有市政署總衛生幫的名字嗎？他是哪個單位的？」

「這人姓董，他是負責檢控的。」

「那跟發牌有甚麼關係？」

「這個我們還未弄清楚。董 Sir 雖然職位較高，但萬先生

與卓 Sir 似乎關係好些，他在電話中對卓 Sir 的態度更好、更尊敬。」

「謝謝你們的資料，很有用。」

會議後 Jimmy 來到了我的辦公室。

「Jimmy，你們要繼續留意這兩人之間的動向，請跟蹤隊再多做兩個星期的工作，我們再考慮下一步。」

「Yes，Sir！在此同時，我們打算調查姓董的跟姓卓的關係、他們在審批執照的工作上有何合作等等。」Jimmy 説。

「很好。我也在想，他們是否曾經合作過？現在為何還要給錢姓董的？而另外四萬元是否姓卓的拿了？當這些問題的答案都找到了，便接近收網了。」

「我也這麼想，希望順利吧。」

一週後的一個早上，Maria 來到我的辦公室做報告。

「Sir，據資料顯示，董 Sir 和卓 Sir 曾經共事。董 Sir 是卓 Sir 的上司，一起在發牌部工作。其後董 Sir 升了職，兼且考獲 PCLL（法學專業證書），所以調升到檢控部，而他原來的職位就由卓 Sir 做了。」

「那董 Sir 就是他的『師傅』了？怪不得啊。」我説。

「但也沒必要長期『孝敬』他啊！」

「但如何證明他們收了賄？ I need hard evidence（我需要確鑿的證據）。」

「我們正在努力。但『狗仔隊』連 Mr. Man 都跟丟了，所以暫時仍然未能拿到證據。」

7.5 重出江湖　親自掛帥

到了這個階段，我相信我這匹老馬又要重出江湖了。雖然臥底的隊員已經很久沒有出動過，他們有些升職當了 Section Head，也有些離開了廉署，但這次不是長期蟄伏在一個犯罪集團內，也並非要長時間徘徊在犯法的邊緣工作，只可算是 cosplay。

我決定找一名同事演演戲，希望在調查工作上有些突破。我找了 Stephen。他已經是資深的 SI（Senior Investigator，高級調查主任），但我表示要借助他做調查，他二話不說立即同意。

我向上司詳細報告了案情進展，作正式申請，並說明：「以上是扮演角色的詳情。他只是短暫借助，大概不會太影響到自己的工作。」

獲悉批准的當天我把他請到我的辦公室，把案情大概講述了，我們便一起計劃一次行動。

「Stephen，昌發的洪爺既然已知我是幹食肆這一行，而這行內經常有不同的合伙關係，所以我打算以兩人合伙開粥麵店的名義，再和他交手一次。但這次我要連卓 Sir 都一併放在佈局之中，反正不可能天天搞一家食肆的，不可能不斷演這戲，成本太高了。」我跟他說明我的部署。

我讓 Jimmy 負責處理背景資料及找房屋署安排在彩虹邨臨時租了一個舖位。我也聯絡了防止貪污處專責市政署和食肆問題的同事，他替我倆「惡補」了一整天的酒樓食肆裝修規則。

※

我和 Stephen 一起先到市政署找卓 Sir「幫幫忙」！

「彩虹邨好啊，那裏不錯，開粥麵店嗎？」

「是啊。我們覺得那裏只有一家粥麵店不夠，早餐時間天天排隊，所以想在那兒開一家。」

我們很快入正題，卓 Sir 不斷重複各種規則，我們先前的「惡補」很有用，我倆都發揮得不錯。然後，卓 Sir 拿出一張 A4 紙，在上面寫了一個「6」字。但卻沒有說如何付錢，也沒有指示任何日期、時間和地點。他寫完後把紙撕掉，丟進垃圾筒，並立即站起來送客。

「好了，就這麼辦吧，往後有同事會聯絡你們的。」

我們先回到彩虹邨的店舖，佯作計劃和討論裝修工作。不久，跟蹤隊來電話：「許老闆，all clear！（一切妥當！）」那就是說我們沒有被跟蹤，可以回去了。

我們回到辦公室開會。

「怎麼他這次沒讓我們去找昌發？」

「他寫的『6』字應該是六萬元。」

「那他也沒有說怎麼付錢啊！」

「我想這一次不能急，可能要等。他不是說往後會有『同事』聯絡我們嗎？」

「看來交錢方法有變，這次不經過昌發。」

「可能有幾個收賄途徑………愈來愈複雜啊。」

「我反而愈來愈有興趣想知道他們如何運作。愈來愈有挑戰性！」

「實在點吧，現在是查案子，不是玩偵探遊戲啊！」

「Yes，Sir！」

※

其後的一星期，Stephen 找來一家裝修公司為店舖做前期工程，包括安裝水管和敷設電線。我的指示是「不時提出更改」，而且「不必催促進度」，希望可以在水、電上拖延半個月以上的時間。我估計交錢時間必定不會超過一個月，而這已經是我們能跟房屋署要到最長的時間了。Stephen 跑到衙前圍道一家買賣二手爐具的店舖格價，還拉着該店老闆一起往尖沙咀河內道的酒吧喝酒。

這兩招獲得了回應。

一週後有一名女子的來電：「你是許老闆嗎？」

「哪位？」

「許先生，你還打算繼續開粥麵店嗎？如果要快，請你先作好準備，帶齊你要帶的東西，於星期四上午 9 點半，去九龍城獅子石道的龍城餐廳吃早餐。請問你有沒有問題？」

「可以呀，當然沒有問題。」

我們立即開會部署一切。Jimmy 負責安排 marked money、汽車、跟蹤隊工作、TSD 裝機等。我另借調了四隊每隊四人共 16 人給 Maria。作為 case officer，也好藉此看看她的表現如何。她要負責安排整個拘捕行動，包括事前偵察和當天的人手調配等等。

「Maria，最重要是看到 suspect（嫌疑人）收了錢才可出手。要冷靜，切不可急。全體同事都聽妳的，妳一聲令下，他們才會動手。」Jimmy 囑咐她。

「若 suspect 不出現，我們便要隨機應變，必要時也要保住那些 marked money。」我補充說。

「我們要抓的是誰大家都知道，總而言之，他不出現，便即 call off（取消行動）！」Jimmy 說。

我和 Stephen 依約抵達龍城餐廳時，已經差不多滿座，還好我們可以找到近門口的唯一一桌。

坐下不久，有一名女子來到我面前輕聲地說：「前面的那桌坐着一名婆婆，她的另一張椅子掛着一個超市膠袋，你帶來的東西，放進那兒即可。」

她說完便立即走出門離開了那兒。

後來我知道由於車上聽到監聽，所以做監控的同事拍攝了那名女子的照片。跟蹤隊的任務是一直跟着卓 Sir 和洪老闆，但他們仍在各自的工作地點，根本沒前來，而在現場並無跟蹤隊的隊員，不能立即跟蹤她。我也不敢即場打電話作任何指示。那名女子與我素未謀面卻可趨前與我談話，那麼其中一個可能性便是有人認出我，又或現場有人監視着我們。

我和 Stephen 輕聲地說：「若把錢放進那塑膠袋，我們也不可能抓這婆婆；對方則推算出我們或許會跟蹤她……所以，今天還是 stand down（撤退）吧！不急。」

「那我們回 office 重新計劃下一步吧。」

「不，我們既然現了身就不可以馬上回 office。」

「對！太久沒有做 UC 了。」

我們的對話應該隨着監聽器傳達給現場同事。我和 Stephen 喝了杯咖啡，然後就返回店舖看工程，其他同事也不動聲息撤離了。

7.6 神機妙算　甕中捉鱉

我們到了店舖不久，電話即響起。

「喂，許先生，怎麼你沒有留下東西？」對方沒有說自己

是誰，但我一聽聲音就認出是卓 Sir。

「數目不少，不敢隨便留下呀，那兒的人我一個都不認識，怕弄錯了就不好啦！」

「你也太小心了吧。你現在在哪兒？」

「我和 partner 在店舖視察工程。」

「你們做了一些工程修改，現在基本上已經合乎規格，我會盡快寫評語遞交上司，相信很快便可發出執照了。還有……那……你知道觀塘鱷魚山在哪兒嗎？我住在那兒，你們打算在那兒也開一家粥麵店或花膠皇嗎？」

他給了我地址，我們約好了幾天後一個週末下午到那兒「看地方」。他也記下了我的車牌號碼，我只好把我弟弟的車牌號碼給了他。如果他要調查，也只會查到是姓許的，做生意的。

他的住址在觀塘功樂道，那兒又稱為鱷魚山，是純住宅的地方，怎麼可能開食肆？我們透過物業管理公司的安排，在那屋苑安插了一名臨時管理員。

週末那天，我告訴弟弟我自己的車有些問題，正在維修，需要借他那一輛。我與 Jimmy、Maria 等全體出動。在約定時間前一小時，當管理員的同事已經就位。他馬上放了兩輛廉署的車進去，說是訪客。我和 Stephen 則準時抵達（其實在半小時前已到了觀塘，等待着「管理員」傳來「目標已出現」的確認訊息）。我驅車進入訪客的露天停車位置，不久，便看到這位卓 Sir 穿着一身休閒便服出現在我的車旁。

「許先生，要你來這兒不好意思啊！我已把車牌號碼給了保安員，應該沒甚麼問題吧。」

「沒有！」

「東西都帶來了嗎？」

「一共六萬元現鈔，你點算一下吧。」

「不在這兒，我往後會看看。你放心，你們的執照馬上就能發出來。」

「我不擔心，我知道給了錢執照一定可以拿到。可怎麼這次不是經昌發付款？」

「每次都可能不同，只要找我便行。你多花這一點，但更快取得執照，免得支付無謂的昂貴租金，各取所需嘛。」

「你說得對！好了，不阻你了，錢收好啊！」

這是一句暗語，各同事聽到事前商量好的這一句「錢收好啊」，便有兩人從保安員崗亭衝出來，另外幾名同事從車中走出來站在車旁，另一台車駛近堵着屋苑大閘，而我和 Stephen 則微笑着站在停車場看着他。

7.7 捉了又放　另作安排

卓 Sir 由 Jimmy 和 Maria 一同在 VIR（Video Interview Room）以錄像取得證辭。他非常合作，並且表示無需律師在場也可答覆我們的問題，因為他心裏明白，這是遲早會發生的事。他自認在多年前與董 Sir 一起時已經開始收賄。他主要是替董做事，而董亦會將所收受賄款的三成分給他，其後更增加至四成。董離開後，便變成五五分賬。他們主要靠昌發的洪爺代收賄款；洪爺則在賄款數額和裝修價錢上再增加一些，最後把各種數額捆綁在一起報價。

「那麼這次為何不經昌發？」我問 Jimmy。

「他一向都擔心遲早會東窗事發，所以想趁着自己還在這位置上時多撈一筆，在海外置業，謀定後路，不想分給已經離開多時的董 Sir。誰知道第一次單幹就已經出事了。」

「那婆婆是甚麼人？」

「是他的母親，但他母親並不知情。他也希望我們不要打擾她，因為案情其實與她無關。」

「還好當天沒有把錢放進塑膠袋裏，否則一定會將他的母親牽涉在案件中了。」

「那麼姓萬的是甚麼角色？」

「他是卓 Sir 自小認識的同學，也認識董 Sir。既然董 Sir 想收取現金，那就要找一個既可以信賴，又為兩人所認識的人來傳遞。此人並無涉及案件的其他部分，也沒有收取費用，只是幫助卓 Sir 而已。每次的現鈔都是打包進公文袋內並封了口的，阿 Man 也不會確定袋裏有多少。」

「但這人的證辭對於起訴姓董的卻有關鍵作用！」

「還不夠。如果卓 Sir 可以幫忙，那就最好。」

我親自到 DC（Detention Centre，羈留中心）會見卓 Sir。

「你完全不像我心目中的廉署調查員，否則我不可能掉以輕心的。」卓 Sir 似乎仍然心有不甘。

「反正你已經供認了，可以進一步指證姓董的嗎？」

「我說了這些還不夠嗎？」

「這是你個人的供辭。如果他說當年是你作主導，希望他罩着你，所以才分給他，你有甚麼證明？是誰聯絡行賄者的？還有，如何證明他收了錢？」

「對，阿 Man 也沒有見過那些錢，都是加封了的。」他頹然靠坐在椅子上，「但阿 Man 有替我做過一個表格，所以他的電腦裏應該有些資料。」

在律師陪同下，卓 Sir 正式提出了轉作控方證人的意願。我更成功游說了他協助調查工作。我們隨後也獲得 DOJ（AG 已

改名為 DOJ，Department of Jutice）的正面回覆。由於一切都很順利，從抓捕卓 Sir 到放他回家，通共才五個小時。

他在傍晚 7 時半到家，還是我親自駕駛我弟弟的車送他回去——下午 2 點多帶他走的是幾名「朋友」，現在吃完晚飯送他回來，還在大閘口抱一抱才說再見，溫馨又自然！

7.8 證據確鑿　百辭莫辯

星期一早上 9 時半，兩名 TSD 的同事佯作是牌照申請者往訪卓 Sir。他們在他的 office 替他「裝身」。其後卓 Sir 往深水埗北河街市政大樓找董 Sir。

「你怎麼突然跑到我這兒來？」董 Sir 感覺很突然。

「我想跟你說，我不幹了！」

「甚麼不幹？你辭了職？沒有聽說過你移民啊。」

「我是說收錢發牌的事。」

「幹得好好的為甚麼不做？」

「我總覺得遲早會『爆鑊』（東窗事發）的。我們從三年前開始，到現在都已經收了不少，現在『收手』（停止不幹）也是時候了。我也快會調職。」

「那你調職再說吧……」他又頓了一頓，「餐飲這一行業，範疇多、門路雜，是個天然的聚寶盤。我們每發一個牌（執照）都是責任，所以扣着不發是表示我們把關嚴格、慎重。比如說廚房通道太窄、爐頭不對、抽風不足……那麼多的關卡，每一道都是一個掙錢的機會。作為師傅的我，不會忽悠你，如果財神爺跑到面前而你不去接，是會折損的！」他再斜視着卓 Sir，「還有，你和阿 Man 怎麼分的？」

「他沒有收取分毫。」

「那你就不該了。他好歹也是你的心腹，不可以欺負他的。你不分給他就是危險。這個世界，只有一同『下了鍋』的人才不會告發你。」

他們再交談了一會兒。內容清楚顯示兩人在收賄之事中的關係。卓 Sir 當天回到辦公室不久，TSD 的同事又再出現並取回了所有的錄音資料。

兩天之後的早上 6 時半，我批了三十多人給 Jimmy 和 Maria。他們分為多組，在中九龍區展開拘捕行動，再次正式逮捕了卓 Sir 和抓了正在自己家中的董 Sir，還有在調查過程中發現的五名懷疑曾經行賄的食肆老闆。

餐廳的臥底同事告訴我們，洪爺在前一天和裝修工友們喝了很多酒，倒頭睡在昌發的店舖內。我們抓他的時候他還搞不清楚自己在甚麼地方。

董 Sir 自恃熟讀法律，還打算提早退休當大律師，所以說不需要律師在旁，但卻甚麼問題都不答覆，整個 interview 只有廉署人員在提問。但由於有錄音及卓 Sir 的證辭作證，他和多間食肆的老闆也被起訴，而洪爺當然也是其中之一。

這宗案件並非所有被告全部入罪。有兩名食肆老闆沒有找過其他裝修公司，也無法證明他們的裝修費包含賄賂。

此後市政署修訂了發牌的程序，並且建議食肆可以找顧問公司協助，在同一時間向幾個政府部門申請，以免延誤而要支付昂貴的租金。這是申領程序上的一大進步。

7.9 出乎意外　匪夷所思

由於阿 Man 的電腦裏可能有重要資料，我們申請了搜查令搜查他的住宅。

那是一個 700 多平方呎的套間。廉署人員入內時，發現四面牆壁全是入牆櫃，非常整潔，可用「一塵不染」來形容。他的房內有一張梳妝枱。床邊有一個衣帽架，掛着一整套黑色的西裝和白襯衫、藍領帶，下面放着一雙擦得閃亮的皮鞋。這也是全屋唯一一套男裝。除此之外，所有能想像得到的女孩子的東西都有，包括二十多套裙、十多套套裝、吊帶襪、內衣褲；還有貼身用品、假髮、粉紅色拖鞋等。我們也發現了香水、面膜、一套套的化妝品和指甲油。他們帶回來幾個相架，照片中就是當天在餐廳跟我說要把錢放進塑膠袋的那名女子。

「許 Sir，你知道這照片中的人叫甚麼名字嗎？」

「我只在餐廳中見過她一面，怎麼知道她是誰啊！不認識。」

「他就是阿 Man！」

「What？不是開玩笑吧！」我一手把照片搶過來仔細看，「這人哪一點像一名男子漢呀？！」

「他全屋裏都是他本人帶假髮打扮成女性所拍的照片。」

「有沒有人可以告訴我他的真正性別？他是男扮女還是女扮男？」

「暫時還沒有人可以答覆你，但我們很快會知道，不過身份證上的紀錄是『男性』。」

「怪不得『狗仔』跟不到他了。」

「錄音中他和母親談話時喜歡用女聲，初時我們並不知道是他，還以為是他的姊妹。」

「卓 Sir 知不知道這事？」

「這個我們都是很好奇，但卓 Sir 說他從來都不知道阿 Man 有『易服癖』。他們倆自小在同一屋邨長大，又是小學和中學的同學，所以感情很好。他很奇怪阿 Man 已接近 40 歲，卻從來不曾聽說過有較親近的女朋友。每次談到這話題他都支吾以對。阿 Man 對卓 Sir 言聽計從，三天兩天便出現在卓 Sir 身旁，連卓太都覺得奇怪究竟他為何對卓 Sir 那麼好。」

調查重點：
董 sir 和卓 sir 是甚麼關係？
萬先生（阿 Man）與董和
卓是甚麼關係？
為甚麼三個小隊也無法成
功跟蹤阿 Man？他是反跟
蹤專家？我們的調查暴露
了嗎？

下一步：
cosplay 食肆老闆，與呂發
接觸
確認 suspect 如何收賄款，
人贓並獲

雄兔腳撲朔
雌兔眼迷離
雙兔傍地走
安能辨我是雄雌

——宋·郭茂倩《樂府詩集·木蘭詩》

可公開情報

☑ 以前在香港的政制架構中設有市政局和區域市政局，分別負責制訂市區和新界區的市政政策。市政總署（Urban Services Department（USD））下設市政事務署和區域市政署，則分別是這兩個局的執行部門。

☑ 市政總署服務的範圍十分廣泛，由文藝、康樂、體育，以至環境衛生、社會福利等。

☑ 市政局及其執行部門的職責，經過了多次更改和合併，現在由多個不同的部門承擔，分別屬於不同的政策局，如康文署接管了文化、康樂及體育事務，現在屬民政事務局；食環署則負責食肆發牌、公眾衛生等事宜，現在屬食物及衛生局。

第八章

警廉

8.1 藉賣試題　操縱升級

日子過得飛快，香港「回歸」之期接近了。

這天下屬 Derick 來到我的辦公室討論一宗警方的案件。這些年我又調了組，他是我的其中一個 Section Head。

「許 Sir，這次沒有涉及外人。投訴人、行賄和受賄的全部都是警務人員。每個 PC（警員）如果進入了 promotion zone（推薦升級的範圍），就會有人聯絡他，給出一個價錢。給了錢的人會經過第三方獲取一些面試題目，讓他們可以預先練習。原則上給了錢的人只會獲得題目而非保證可以升級，他們需要在面試中表現過關才行。不過最近這幾次，只要給了錢就可以升沙展（Sergeant，警長），沒給的就不能，投訴人就是因為付不起，沒給，也就不獲提升。」Derick 向我陳述。

「先弄清楚法律概念，重點是，能證實獲得提升的人都給了錢嗎？或者説，給了錢就必然可升職？」我提出重點。

「這些都還沒有實際證據。涉嫌人士和考生們的銀行賬目在差不多的日子都有一些進出紀錄，但數字上未能達至法理依據。」

「可以由投訴人當『針』嗎？」我繼續問。

「你想裝機錄音是嗎？」

「那我們就可以知道他們的運作，當然能收錄到有效證辭更好。」

「我相信非常困難。第一，不知道下一次投訴人是否能再入 zone，也不知道他的『下一次』是何時何日。第二，據投訴人説，他們從來不説實話而是用代號。比喻説『不了情賣五萬』那就是説『畢 Sir 要收取五萬元才會放行』的意思。錄取到的資料不能證明甚麼。」

「現在的價錢是多少？」

「每名考生要付六、七萬元換取一些面試試題作預習。但只有題目，沒有答案。」

「你有甚麼建議？」

「我想安排『臥底』，混進他們這些 Panel Members（評委）常去的地方，試試是否可以錄取到甚麼。因為他們之間的談話有可能透露重要的資料或線索，而且必須是在他們最放鬆的時候。」

「那會是甚麼時候和在甚麼地方？」

「這只是一個初步的構思，一切都還未有詳盡的資料。」

「投訴人有提及 Panel Members 的資料嗎？」

「有，而且我也已經透過不同的渠道證實了他們的身份。部分人的銀行賬目顯示曾經在考生提錢後的同一天存進大額現金，但可能已經分了錢，所以數目只有『買題費』的三分之一，而幾名評委在那前後數天的存款總額加起來又不相符。」

「On file 給我（在檔案中呈交給我），我看看從數字上會不會發現些甚麼。你先申請跟蹤他們以便了解更多他們的行蹤和習慣，然後再考慮下一步。」

8.2 多方設法　錄音錄像

一星期後 Derick 又收到了消息。看來我們整個調查工作要重新部署了。

「許 Sir，距離上次開 board 已三個月，再過三個月後又有一次升級試，現在剛組成了新的評審委員會，部分委員有所變動，但主席跟上一次是同一人，再次被委任。」Derick 說。

「在這等候的期間，我們仍然繼續從各方面嘗試找出其他的突破點。據跟蹤隊的回報，評委們來自各『環頭』（警區），他們的活動範圍基本上不大。他們在警察總部開會之後不在總部 canteen 用膳，卻喜歡往修頓球場旁的波士頓餐廳；也喜歡於下班後到灣仔駱克道的酒吧喝啤酒，而且來來去去都是那兩三家。他們也愛在軒尼斯道星加坡酒店聊天。」

「波士頓餐廳太吵，也不是他們會談論這些東西的地方。所以，我們打算安排錄音的第一個地方應該是他們最常去的酒吧。」

「但那兒的服務員都是老員工，是中年外籍婦人和菲律賓人，混進去當卧底相當費氣力，也難以保證有所收穫。在桌底下放『咪』吧，那些都是高腳桌子，太容易被發覺了。跟蹤隊發現他們都喜歡坐在酒吧外圍的桌上，貼近路旁。我會跟 TSD 討論相關情況。」

最後 TSD 弄來了一架改裝過的單車，把手位置內藏遠程收音咪，每次發現他們在酒吧聚集，就把單車拴在路旁欄杆上，他們坐的桌子剛好距離單車不足三米。這個內置遠程收音咪收音效果好，降低噪音的能力更是極強。可是，這也不是他們討論考生表現或談升級試的地方。幾次的錄音只有一大堆廢話，夾雜着粗言穢語。

他們在星加坡酒店的咖啡廳會談論些甚麼秘密嗎？為了揭開謎底，我又從另一 Group 借用了 Marco，把他弄進該酒店作為臨時替工。

這天跟蹤隊報告 targets 到了酒店的咖啡廳。作為 Marco 的 handler，我立即通知他「放咪」。這時，我們之間已經能透過手機聯絡，非常方便快捷，比起用 call 機的年代有效率得多了。

當 Marco 正要走過去招待他們時──

「Marco，請你到 403 號房清理客人用餐後的東西並拿回廚房。」餐廳經理吩咐他。

雖然 targets（目標人物）剛到，但 Marco 也沒有辦法，還是先往房間收拾東西。

20 分鐘後他回到餐廳，把 TSD 特製的鹽樽放在目標旁的另一張桌上。收音的效果不錯，但談話內容卻都是跟賽馬有關而已。第二、三次的談話，包括時事甚至政治，也有談及娛樂圈藝員們的花邊新聞、風月場所的見聞！看來那兒也不是他們會討論試題或考生表現的地方。

後來我與 Derick 討論案情時，他提及一點：跟蹤隊說這幾個評委喜歡去按摩，常到的那家 spa（蒸氣浴室）在銅鑼灣，他們會從警察總部乘坐的士前往。

「Derick，我們以前曾經利用過一台的士查案。」

「具體安排如何？」

「我們當時透過一名同事，假裝是『炒散』（非正職）的士司機，向某某的士公司租用他們的車，作為查案之用。我們選用了一家小公司，老闆只有幾台車的那種。當然他不知情，只要我們可完整地把車交還，那是神不知鬼不覺的。」

「你的意思是這次也可以……？」

「我會請『狗仔』跟蹤和 TSD 裝機，並會找人當司機，這次可用錄像機，且看看他們會不會在車上談論些甚麼。」

我們不能長時期租用着一台的士，所以用這一招首先需要搞清楚準確的時間。從酒吧和咖啡廳的錄音中，我們知道評委們在警總開會的日子，於是立即安排在一天之前的晚班租用的士給 TSD 裝機，並於當天上午他們開會之後，算準了各評委離

開的時間，由一名同事乘坐着「那台的士」到達警總大閘對面的駱克道口。

當我的同事下車時，其中一名評委不知是否遺留了甚麼東西又折了回去，此時剛有另一名男士趨前要乘坐該車，下車的同事發覺了，立即跑回堵着他。

「潘 Sir，是你嗎？」

「甚麼？我不是潘 Sir……」

「是我啊！我記錯了？你不是姓潘？」

此時我安排的另一名「補位」同事已快步跑至——

「兩位，對不起，我趕時間。」

他不理會「潘 Sir」的呼喝，立即跳上車，駕車的同事當然馬上開車絕塵而去。「潘 Sir」悻悻然不斷喃喃自語地罵着，然後沿着駱克道向灣仔方向走去，應該是往那兒找的士了。我的同事則繼續守候在警總門前，並用手機與的士上的兩人保持聯繫。

由於堵車的關係，「那台的士」兜了一圈大概需要十多分鐘，各人拿着手機互通消息，當的士再次駛回警總門前時，三名評委已站在那街角好一陣子了，還好當時沒有其他的士出現。

他們果然在車上討論了升級試的事情。

「你看怎麼樣？」其中一名評委向主席詢問。

「可以按照上一次的一模一樣。」主席說。

「吩咐『阿保』與他們聯絡吧！」另一評委插了一句話。

我們收到錄像後馬上召開會議。「就這麼多？」

「對！全部只有這幾句，然後就不再交談了。」

「他們太小心了！」

單憑這幾句話，根本無法將他們在法庭上入罪。

我們討論良久，也猜度了他們的想法以及下一步行動。

8.3 赤身露體　無礙取證

既然他們喜歡一起去 spa（按摩和泡浴），而且通常都是去同一家，我決定派 Stephen 到那所溫泉浴室的更衣室上班。光是安排他當職員已經非常複雜，需要多方面的配合才可以在「絕對保密」的情況下「安全地」讓他「很自然的」被僱用了。

兩星期後，Stephen 向我做了報告，我找來了 Derick 並告訴他有關的情況。

「這幾名評委兩星期內來過三次，每次都各自進入小房間，分開按摩。唯一的傾談時間是在大浴池中浸泡時。但我們派到那兒的同事作為職員，不可能走近並站在浴池邊上聽着他們談話，更別說要錄取談話內容了。」

當 Derick 回去與他的組員考慮着下一步應該如何部署時，我忽然有了一個想法。我立即打了一個電話給 TSD 的劉 Sir。三天之後，劉 Sir 出現在我的辦公室。

「怎麼你親自來了？」

「這是給你量身訂造的，當然要親自來解釋嘛！」

「怎麼用？」

「這是一個如『甘油條』一般的東西，可塞在肛門內。它內藏收音咪和發射機，因電力不足，要在使用前才旋扭這裏開動它，並且只有十分鐘的電力。還有，在十米之內要有收音設備。」

「這個沒問題，我們有同事在附近可以收錄。」

「你當然知道要在收音設備上加上封條及簽名，否則不能

呈上法庭當證據。」

「我當然明白，這個可以安排。我這位同事和 TSD 合作過多次的了。」

我不能甚麼都不做，天天在那兒乾等着他們。所以我和 Stephen 約好了，他們一出現馬上通知我。

幾天後已經有機會了。

我一接到 Stephen 的電話馬上出發，當到達時他們已經進了房間按摩一段時間。我在浴池旁的椅子坐着，假裝在看電視。不久，目標人物先後出現。由於電視的音量頗高，會影響錄音，我坐到池邊看電視，希望靠近些可錄取他們的談話。坐了一分鐘，我覺得太不自然了，結果還是坐進池中和他們一起浸泡。

「這條題目不容易答，但是如果事前可以蒐集資料和做好準備，應該沒問題的。」

我心想，這裏果然是一個交換意見的好地方。但他們的談話內容不夠全面，也沒頭沒尾的，不能交代甚麼。不過說不定可以在多次錄音後拿到甚麼重要證據。所以我還是高興了一陣子。

翌日劉 Sir 在電話中卻給我澆了一盤冷水！

「Ricky，錄音效果太差了。為甚麼那麼多噪音？當時你不是在水裏嗎？」

我突然想起，那個大水池是一個 jacuzzi（按摩浴池）。它的周邊全是噴水口，無論靠在哪裏都會有激流，怪不得都是噪音了。

「有沒有辦法把噪音減退或消聲？」我有點頭疼。

「可以盡量提高談話聲，但這一來便因為設備曾經做過改動，只可作調查用，法庭未必接納。」

跟蹤隊再次發揮作用。評委與考生好像不會接觸，但會先後出現在同一家 spa。Stephen 再次延長了他在 spa 的臥底工作，並做了錄像，但由於距離太遠，只可以錄取到評委與考生曾於同一時間內出現。其中在浸浴之時，一方面不方便錄像，另方面水蒸氣太濃，就算做了錄像效果也不好。

兜兜轉轉之間，我們的調查工作又進行了一個多月，距離面試只剩下三星期。既然是「授受皆悅」，雙方各取所需，更是難以找到突破口。

這宗案件該如何了結？

8.4 不入虎穴　焉得虎子

我的一位老同事 Mr. Ng，這時正署理助理處長。他是資深的調查員，雖然處事極謹慎，但同時也敢於面對新挑戰。

我找他來討論這宗案件。

「你認為 ORC 是否會接納此案的報告，並批准 NFA 呢？」我隨意地問，明知道答案是甚麼。ORC 是 Operations Review Committee（審查貪污舉報諮詢委員會），而 NFA 就是 no further action（不作跟進）的意思。

「當然不會。現在不是『查無實據』，只是我們未能找到有力的證據可供起訴而已。委員們又怎麼會讓我們輕易放手？再想想辦法吧！」AD 說。

「他們彼此得益，沒有牽涉者會提供證據，也不會接納外人。」我繼續表示自己的意見。

「還有甚麼可錄音的地方？」

「除非在試場中，也許他們會在 break（小休）之時交換意

見中洩露甚麼也説不定。」

接着我們互望而笑，因為這是比登上月球還困難的事。試場位處一座六層高的大樓內，稱為 Lower Block（低座），在灣仔警察總部之內。

「想在試場裝機？」他笑着問。

「是啊！但那是 Mission Impossible（不可能完成的任務），哈哈！」

我們靜下來，誰都不想先開口。最後還是 AD 打破僵局。

「沒有嘗試過怎麼知道不可能？」他説。

「但按照已建立的渠道，我們只可以聯繫到總警司級的警務人員，那麼重要的『裝機行動』，相信這個級別的人員不敢做決定的。」我覺得這次真的有點難度。

「我看要到警方高層那兒才可取得批准。」他説。

AD 隨即表示會匯報上級，並提出安排我倆會見警方高層。

隨後的星期二上午，我們出現在警察總部。代表警方的是三名「高層人員」。其中一名陳 Sir 應該是負責此事的。他很小心的聽取了我們的述説。我和 AD 把整宗案件的一切調查所得及部分相關照片給他們看。陳 Sir 的面色鐵青，額角青筋盡現。但當我們提出了具體要求後，他搖了搖頭表示不可能，但又沒有説話，遲疑了一刻，跟着一躍而起，不發一言從會客室走了出去。在座陪同的另兩名高層不知怎辦，但也沒有跟出去。

「你們等等吧，他需要些時間考慮。」其中一名在場者打完場地説。

我們又等候了約五分鐘，陳 Sir 再回到座位上。我倆估計也許他已經請示了警務處處長「一哥」。

「你再説説你們想怎樣！」

「我們希望能在試場內裝上錄像和錄音設備。」AD 給了他一個直截了當的答案。

「沒有其他方法？」

我隨即再一次把曾經嘗試過的方法和所獲取的資料簡略地作了陳述。

「我們相信這是就目前掌握到的資料所顯示最 direct and effective（直接及高效）的做法。」我說。

「我們可以批准裝機，你們可以找我作為此案的聯繫人。但這事情屬於『絕密級』，要極小心處理。還有，不可讓發射裝置干擾了警方的設備。」

「他們都是專業的技術人員，這方面絕對不是問題。」

我們道謝之後，會議結束了。陳 Sir 帶着我們前往他的辦公室繼續商討實際的工作程序。他立即邀請了一名女警司與我們會談。原來她便是主管這次升級試的 Madam Cheung。

「他們不可能操縱一切的，我們面試是有 review（覆核）的，考生需要真正表現過關才行。」Madam Cheung 還是有點半信半疑。我又把先前跟陳 Sir 說的資料重複一次。

「但若提前獲得試題，可以練習，那不是更容易過關嗎？」我說。

「那倒是。而且，如果讓他們繼續，那不光是公平與否的問題，更會在警隊裏慢慢形成一個互相包庇和合作的利益集團，那才是大問題。」Madam Cheung 愈想愈擔心。

「那兒不只是這次 Promotion 的試場，也是很多內部升級試或其他 interview（面談）的地方，所以不能長期裝機。我會在 Promotion Board 開始前兩三天才安排你們裝機，我會給你們日期的。你們到達的時候直接來找我，我親自帶你們進去。」陳 Sir 說。

「由於不想被撞破，我會安排在午膳時間做。那房間一般沒有 lunch time booking，但下午 1 時 45 分後通常便開始有同事使用。所以裝機時間是 1 時 15 分至 1 時 45 分之間，即大約有半小時。」陳 Sir 很詳盡地説明他的安排。

本來我要求陳 Sir 帶我倆去看看場地，但當時正有警方的同事在內，我唯有請 Madam Cheung 找個機會替我們拍幾張照片，好讓我們能早作準備。

8.5 試場中直接取證

我回廉署後做的第一件事情就是找 TSD。我把情況告訴了新的主管（劉 Sir 退休在即，已提前休大假，到國外旅遊了）。他們找來最小型的設備，是很新穎的裝置。

兩星期後，陳 Sir 打電話來告訴我，因為人事上的安排，Promotion Board 將提前一週舉行。

「但 Madam Cheung 還沒有給我們該房間的照片啊！」我告訴他那會比較冒險，因為只得半小時裝機。可惜那個時代的手機還沒有拍照功能，他們要用照相機拍照，再沖曬照片才可拿給我們。

「沒辦法，下週開 Board 了。還有，我覺得中午時分還是太冒險。你們這個星期五傍晚 6 時半來裝機，只得一次機會，時間是半小時，要在 security check（保安巡邏）之前完成。你們看着辦吧！稍後你要告訴我來找我的是誰，我要先知會大堂，同事才會放你們進來，然後會有人帶你的同事到我這一層的。」

由於當天我要到法庭出席另一宗案件的審訊，裝機工作由 Derick 和 TSD 的同事負責。Derick 當天下午已經不太舒服，一

直有些肚瀉。到了警察總部，找着陳 Sir 之後，第一時間去了洗手間。

「你的同事還在洗手間，看來你自己要決定了。你知道只有半小時嗎？現在還剩 25 分鐘了。」Madam Cheung 也在場協助。

「我知道的。我現在立即開始工作吧！」

那房間甚麼都沒有，就是四面牆。天花上是一排排的燈管，其餘便只有一個長長的空調風槽。那是唯一可裝機的地方。按照 Madam Cheung 的描述，考試在星期一開始，為時一週，屆時試場內將會擺放一張長桌，一邊放置三張考官椅，另一邊則

許家民在英國受訓時留影，右二為後來成為香港警務處處長的鄧竟成

放置一張考生椅。TSD 同事按照長桌擺放的位置,在其上方安放錄像機,拉電源線及調較鏡頭。當一切調好了,便用一塊不反光的黑布蓋上。如果不特意察看的話,是不會發覺有甚麼異常的。

當 TSD 的同事剛整理好及收納了工具,兩名警方的高層人員突然推開了房門,看到 TSD 的同事和陳 Sir、Madam Cheung ——

「陳 Sir !我不知道你們在房裏⋯⋯」

「我們剛談完了。」陳 Sir 表現從容。

Madam Cheung 示意大家離場。大伙兒立即退回到 Madam Cheung 的辦公室。TSD 在那兒放了一台機,可即時收看到房間的一舉一動,並可在那兒把錄像帶封存作證物之用。

本來我們提出派人看管着這台儀器,但警方拒絕了。在徵詢過 TSD 後,我們也決定每天面試後把「結果」取回已可。我覺得雙方合作,需要互信。我相信警方高層對於此案絕對是積極回應的,而且也相當重視,所以無需擔心。

8.6 警廉合作　打擊貪污

第一天面試之後,我們收到第一份錄像的副本。果然如我們所料,評委們會在小休時談論考生的表現,並在沒有戒心的情況下說漏了嘴。

「他答得不好啊。」主席說。

「我前天才給了他題目,是不是時間太短,他準備不足呢?」一名評委說。

「是啊,他這答題這麼粗疏,怎麼升他啊!還好收他的錢

只是當題目費，不代表一定升職，否則怎向上面交代啊。」另一名評委說。

這是不錯的收穫了。光靠這錄像，律政署同意起訴的機會已經極大，再配合之前的照片、各受賄者及行賄者的銀行紀錄等等，這案件已經差不多了。

第二天他們也同樣在小休時討論每名考生的表現，講了些對自己不利的話而不自知。就在上午面試結束之際，因為空調的風吹得太猛烈，突然把蓋着錄像裝置的黑布給吹下來一角，吊在風槽外飄呀飄的。評委們察覺了，仔細觀察之下，好像看見上面還有攝錄鏡頭之類的東西。他們驚覺這情況，主席立即表示要去找 Madam Cheung，因為她負責這次的升級試。

他用手機致電 Madam Cheung 時，其實她已經在辦公室內看到此情景。接電話後，她告訴主席說會立即前去查看，其後即致電給我。

「許 Sir，黃了！爆鑊了！他們發覺了那錄像裝置。」

但 Madam Cheung 還是要前往試場，把這齣戲演完。

「甚麼事？」她仍佯作毫不知情。

「Madam，這裏裝了些東西，不知道是不是內部監察組的裝置，所以要向妳請示，我們是否要繼續？」主席在述說的時候，也表現得有些緊張。

「考生都已經約好了，又不能及時通知他們取消，所以今天下午繼續按編排面試，現在先去午膳吧！我下午會查出到底發生了甚麼事，明天的面試可能改期，下班之前會通知你們。好了，去吃飯吧！」

第二天早上，在各評委還未出門之前，廉署人員已經分別

到了他們家裏。我們共抓了六名警務人員，他們被控《防止賄賂條例》第四條受賄罪及另一條串謀罪。其中五名全部入罪。

這事件當然會給警方帶來不少煩惱。面試不可能繼續，整個升級試要推倒重來，但這些比起部門面對的尷尬和隨之而來的傳媒追訪，都變得較為次要。還好警方與廉署兩個部門早預料到將會面臨的局面，所以已經有了足夠的溝通，並且草擬好了新聞公佈的內容，指出這是警廉充分合作的完美結果。

這宗案件除了顯示廉署人員敢於迎難而上之外，也向全香港市民發出了一個信息：警、廉會充分合作對付貪污分子，香港政府每一個部門都絕不容忍貪污。

在一次下午茶時間與律政署同事聊天時，他們一再讚賞廉署調查員的工作態度。

「你們真是很 committed（非常投入），果然是『迎難而上、鍥而不捨』！我們尤其欣賞的，是你們能夠說服警方讓你們裝機，果真是 Mission Impossible。」

「我們絕對相信警方高層的反貪意識。至於我們的工作，正所謂鐵柱磨成針嘛，我們只是不肯放棄！」

可能錄取有用證辭地點：

1. 波士頓餐廳 X
2. 軒尼斯道星加坡酒店 X
3. 灣仔駱克道的酒吧 ？
4. 的士上 ？
5. SPA ？
6. 試場 ？

磨杵作針
功到而成

——明·陳仁錫《史品赤函》

可公開情報

☑ 在廉署的卧底工作中，首先卧底人員是要自願的。在某些情況下，廉署也要向 DOJ 說明派遣卧底的目的、該名人員的角色、工作範疇、時間多久等。該名人員亦要簽署確認不得參與其他犯罪行為。

☑ 卧底人員需要定期作報告，上線人員要時刻保障卧底人員的安危及派出適當支援，並會因時制宜使用高科技及各種途徑與卧底人員保持聯繫。

☑ 卧底人員不一定被派駐於政府部門之中，也有時被派往私人機構，看案情需要而定。但通常是在常規調查無果、確定各種手段均無法突破後才會採用卧底。

☑ 卧底人員的培訓工作亦看需要而定。如需混入黑社會中，當然需要懂得其運作、語言、特色等，並需要熟練掌握一些特殊聯繫方法。

☑ 完成卧底工作後，視乎情況，該名卧底會被調回一般調查隊伍中服務。

第九章

9.1 攤販投訴執法人員

千禧年不經不覺已過去了，香港也「回歸」好幾年了，「千年蟲」好像沒有如傳說中那麼厲害。

這是一個星期五的早上，Morning Prayer 之後回到辦公室，我召集了幾名 Section Head 匯報各宗案件的進展。當時我負責警方以外的「其他政府部門」案件。

「Mark，新接手的那宗案件是食環署的？」Mark 是新調到我這兒的一位 Section Head。

「Yes Sir，那是有關元朗食環署職員懷疑在小販管理問題上收取了利益，給予某幾名小販特別優待和方便，case officer 是 Ronson。」

Ronson 是一名 SI（Senior Investigator，高級調查主任），擁有十五年調查經驗。

「具體情況如何？」

「元朗教育路通往西菁街和元朗大馬路、西裕徑等的行人通道，是一條步行街，兩邊各有超過兩個籃球場的空間面積，長期有三十多名流動小販在此開檔幹活。再加上小巴站附近的小販，數目達到六十多檔。由於地點不算擁擠，小販們都會把貨品放到『指定範圍』以外，霸佔着不少路面，屬於食環署三級制中的 B 類（中等敏感）地區。」

「甚麼貨物居多？」

「很雜，有袋子、背包、枕頭套及棉被套、睡衣、短褲、雨傘、電子錶等等，也有水果和熟食檔。」

「食環署長期不執法？」

「剛好相反！Hawkers Control Team（小販事務隊）的 raiding squad（突擊隊）會定期逐一『招呼』這些小販，亦即是說會輪

流每次抓幾個攤檔的小販，在這裏的小販戲稱這個行動為『旋轉壽司』，即是每隔一段日子後又會輪到自己被抓，周而復始。」

「這等同當年的『大龍鳳』？」

「但仍然未找到收受賄賂的資料和證據。連收取的數額和途徑也未知。」

「投訴人那邊怎麼樣？有何特色？」

「投訴人是其中一個攤檔的 operator（經營者），但跟所有攤檔一樣，他並非持牌人。這些所謂『檔主』通常都是貨物的主人和攤檔經營者，透過聯絡持牌人獲得允許及取得資料（當然還要交付租金），聲稱是持牌人的 helper『助理』，經過向食環署簡單登記，便可以『開檔』。」

「他有甚麼不滿？」

「他經營小電鐘和電子手錶。最近被告阻街之後，他如常取回『被檢走』的貨物、往法庭認罪、交罰款，但是發覺取回的貨物連續兩次均少了一批電子錶。由於利潤微薄，每次損失罰款之外再加上幾百元的失貨，令他的生計受威脅，一怒之下便來舉報。」

「他舉報甚麼？」

「他聽說有其他檔主定期交了『茶錢』，所以獲得『照顧』，被檢走的貨一般都可以悉數取回。」Mark 繼續說。

「那不合理，交的『茶錢』（賄賂）少，沒人會包庇。但若每次幾百，又跟失貨的款額差不多，甚至貨款可能比『茶錢』更少，因為那些都不是貴價貨，沒了就沒了，何必多此一舉？不合邏輯！他聽誰說的？」我有些不同意。

「傳聞！」

「要記着，投訴人欲舉報之餘，對自己不利的事情可能會

推說不清楚或者忘了。這種情況十分普遍。所以他也可能有『交錢』但又不肯承認。」我恐怕投訴人只是信口開河。

「這種『安排好』的執法行為可能涉及 Pervert（妨礙司法公正）。如果『旋轉壽司』式檢控是真實的話，要一個團伙一起做，應該整隊元朗 team 的人都知道，包括 raiding squad（突擊隊）和 patrolling squad（巡邏小隊），那是『串謀罪』。既然涉及那麼多人，那他們的上司又知不知道？是否涉及更高級的職員呢？」我認為這宗案件未必涉及貪污，但現階段還要查證。

「希望不是三十年前『集團式貪污』的死灰復燃吧！」Mark 說。

「元朗大馬路兩旁那幾條街附近共約有六十檔，每天巡邏小隊最少要巡四次，如果定期每週每檔收兩三百，一個月已經是四、五萬元。有動機亦有足夠誘因讓這集團存在。我們先要假設它存在，試圖用不同手法，了解每檔要收多少、如何收及誰負責收，包庇些甚麼、最高涉及甚麼職級等。」

「Yes，Sir！」

9.2 取得部門充分合作

經過了兩個多星期的調查工作，Ronson 那隊同事似乎毫無進展。Mark 哥建議，既然不知道涉及的職員有多高的職級，我們只好以「愈高愈好愈安全」的方式，由我親自拜訪他們的署長。

那位署長是由一名女 AO（政務官）調任的，名 Rosa，三十來歲，十分健談。她邀請我和 Mark 到會客室見面，我們只等候了不到兩分鐘她已經出現。

「不好意思，要你們等候。」她十分客氣。

「妳好。我是 Ricky Hui，這位是我同事 Mark Chan。今天我們主要是因為一宗懷疑　貴署前線職員收受利益的案件，前來請教食環署前線人員的實際工作情況，讓我們可以在不影響他們日常工作的情況下，詳細地掌握更多資料。」我首先闡述了來意，讓她感覺到我們合作的誠意。

Rosa 指出自從「殺局」（解散了市政局和區域市政局）之後，管理攤販的工作便由市政事務處轉到新成立的食環署。

「我承認這個嶄新的部門面臨很多挑戰。由於制度、工作程序和有關的法律、規章等都有不少漏洞，雖然大家都已盡力填補，恐怕仍有很多不足之處。」

我向 Rosa 陳述了這宗案件的大概內容。她很驚訝這年代還有職員會受賄。

「我不敢說究竟有沒有涉及賄賂，但他們若要包庇甚麼人，那是很困難的。我們的文件工作做得不錯，上級可以很仔細地進行監察，並有電腦配合，可以即時瀏覽每個個案的進程。」

她表示食環署對於貪污受賄是「零容忍」的。

「一宗都嫌多，絕不容許！」

她馬上召喚了兩名同事進來，吩咐他們準備一些資料給廉署：「……連同兩年內在元朗區工作過的，無論升了職或調任、退休等，全部都要。」她的確非常合作，而且思路敏捷。

「On confidential files please（請以機密檔案呈上）！」她在我提出要保密之前，已經跟屬下說明了。

在等候資料的時候，我們繼續交談。

「如果他們很有效率，不斷輪流控告這些攤販，人人有份，輪流做，你們怎麼看？」

「不可能的，出現違法行為當然要抓，如果對方守法循規，

那告甚麼？對方也不會認。」

「如果不理有沒有違法，總之定期人人有份，那他們也未必反對啊。」我回應了她。

「那怎麼行？那……噢，你好像說他們會這樣『安排』？……有可能的……他們未必知道這樣做的法律後果！」她似乎開始明白我所指出的情況了。

「他們需要到法庭作證的啊！」我說。

「是，但不多，除非被檢控的小販不認罪。至於其他法律知識，也許的確很貧乏，因為部門沒有提供這方面的培訓，他們也害怕出庭作證，怕回應時做得不好而丟了案子……」她若有所思，低頭不語。

得到部門的充分合作，食環署元朗 team 的全部名單都被我們掌握了，也有了攤販們持牌人和助理人的資料，但仍未能提供讓廉署高層滿意的、足夠把要調查的人士列作嫌疑人所需的證據。在此階段亦未能發出 Bank Enquiry Letters（銀行諮詢函件）。

9.3 安排臥底蒐集證據

「許 Sir，你看我們可否派人混進小販之中蒐集資料？」Mark 在一次檢討工作進度時提出了一個我一直在考慮的問題。

「現在似乎要用這招了。」我表示同意。

「我正要告訴你，其實我在檢視了 Investigation files（調查檔案）之後，已經再度聯絡了署長，得到她的同意和特別安排，派了一名同事到食環署元朗 Office，可惜因為種種原因，未能安插他進小販管理隊之中，只是在那兒當 ACO（Assistant

Clerical Officer，助理文書主任），希望也可以獲悉一些情況吧，他今天開始上班。」

在一般情況下，臥底工作的知情人極少，但這次不會有甚麼危險，而且 Mark 是該宗案件的 Section Head，所以我亦告訴了他，只是沒有透露臥底的身份資料。

「Mark，你可以派人做 helper（助理人）。只要派合適的人，做個登記便可。由於屬非危險、非混進黑社會之中的工作，普通的同事也能勝任，你在隊員中推薦一個吧。」我心想，由我設立的臥底團隊中，有些人離職了、有些人升級了，剩下的也半退休了，剛剛派往食環署的 ACO 也只是一位新臥底而已。

「我的隊員因這案件的關係，已經進進出出元朗 office 好幾次，所以不合適了。如果說在外型上較貼近的，應該是鄰 team 的 Tiffany。」Mark 回應說。

Tiffany 也是我這個 Group 的，雖然不是 Mark 哥那小組，不過也歸我管，所以也是方便調配的。

「你先說說你的看法吧。」

「我觀察到那地點的女性小販佔了三分之二以上。如果我們派一名女同事混進去會比較合適，不會那麼容易引起注意。Tiffany 好像較有經驗，她已在 Commission（公署）工作了近十年。我們這個 Group 的其他女同事太年青，外型也不像。」

「我會研究你的選擇，但具體工作如何？」

「我希望該同事可以從其他小販口中探查究竟誰來收錢、數額、時間和包庇些甚麼。如果不是他們中間的人，應該不可能知道這些資料，所以只好找個人混進去當其中一員。」

「好，我盡快批核。」

※

Tiffany 姓喬，同事稱她為「小喬」，是一名 direct recruit（直接聘任）的 Grade 2 Officer（二級調查主任）。近年廉署一直招聘第三級的助理調查主任，但十年前曾經因為工作量驟增而要大幅擴展，直接招聘二級調查主任，即等同其他紀律部隊的督察級。應聘者當然必須是大學畢業生，而且考核極之嚴格。她剛來時花名「嘰妹」，但已經表現出色，現在三十出頭，更是很有經驗的 SI（Senior Investigator，高級調查主任），仍然未婚，沒有家累，可長時間工作，是理想的「卧底」人選。我考慮了大半天，終於決定起用她協助這宗案件的調查。

　　「許 Sir，你找我？」

　　「是啊，請關上門……請坐。」

　　「Sir，你想知道哪一個 case？」

　　「妳手上有多少個 case？」

　　「有六個，其中兩個已經進入 prosecution（檢控程序），不過仍然需要同事出庭作證。要進行調查工作的則有四個。」

　　「如果我要把妳調到另一宗案件的調查工作，妳要多少時間交接才可把那四宗案件的工作處理好？」

　　「很緊急嗎？」

　　「不算。」

　　「那最好給我三天，可以嗎？」

　　「可以。妳當過『卧底』嗎？願意嗎？」

　　她的眼睛瞪得大大的。看着我一會兒，猛力的點頭，「我願意！」

　　「妳還不知道是甚麼工作，有沒有危險，便那麼快說願意？」

　　「我從來都沒有機會當過卧底，但願意一試，不管有多大危險！」她的臉上盡是興奮的表情。

「我不想打亂妳的部署，並且希望減少對妳手上的案件所造成的形響。妳完成了交接，我才告訴妳這是一宗怎樣的案件以及工作目標。妳先別走，我現在喚妳 Section Head 過來，我一併跟他說，他尚未知情。」

我不會只派出一名同事當臥底。經驗告訴我，就算已經有幾名支援隊員在附近，也應該盡量有 partner（伙伴）同行，互相照顧。我原來的臥底隊員之中，Stephen 是最合適的，我估計如果我邀請他襄助，他一定不會推辭。他跟 Tiffany 可以新舊搭配，由有經驗者帶新人，畢竟小喬於臥底工作來說只是一名新人。Stephen 從小父母就已經不在了，妻子又已因病去世多年，他沒有子女，不需要照顧甚麼人，況且他以前和小喬曾經是同一組的，兩人相識已久，所以他是與小喬搭配「假鳳虛凰」的絕佳人選。

經 AD 同意及批准之後，Mark 哥努力了兩週，把他們安排成接替其中一檔賣雨傘和拖鞋的夫妻。

然後，我假裝成「街坊」，前往該小販區偷偷視察。

「許 Sir，你為何一看見他們就表情怪異？你有經驗，如果有甚麼不對的，請告訴我們啊！」

我坐在回程的車上，一直微笑着——終於哈哈大笑了！

「太神似啦！」我終於忍不住大聲笑出來，並一手拍在鄰座 Mark 哥的肩膀上。駕車的同事從倒後鏡看了我一眼，我相信他也覺得我行為怪異。

「我還以為甚麼地方出了錯。」Mark 吁了一口氣，放鬆心情地講述了接下來幾天的工作計劃。

Tiffany 在我的 Group 中工作近兩年，一向十分注重外表，作典型 Madam look（女幹探裝）打扮，十分整潔。今天第一次見她穿短褲、舊涼鞋，還梳了一個粵語片時代的髮型，帶了眼

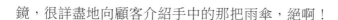

鏡，很詳盡地向顧客介紹手中的那把雨傘，絕啊！

一星期後，Mark 向我報告了他們蒐集到的情況。

「Sir，原來這一切都是預先安排好的。食環署突擊隊應該
會在每次抓人時檢取一批貨物並帶往元朗警署向『坐堂幫』（報
案室值班主管）控告他們『阻街』（違例擴展營業範圍）。但
奇怪的是，並非突擊隊人員來捉人扣押貨品，而是有人預先安
排好，檔主們『被通知』，自動提着貨物，排好隊伍，等待食
環署的大貨車抵達時，貨主便自己搬運貨物到車上。到了警署，
食環署職員會逐一報稱每檔的貨物違規擺放尺碼——當然全都
是虛構的。」

在 Tiffany 擺檔的地點那兒只有十幾檔，是一個很小的群體，
每一個攤檔基本上都只有一個人在那兒坐着。如果需要離開，
如上廁所、買點東西等，就會拜託相鄰的攤販幫個忙，賣貨、
收錢、看檔。正因為「家家有求」，所以從來只有互相幫忙而
不會有爭執。

這天隔鄰賣毛巾的華嫂要到附近的商場上廁所，便示意小
喬幫忙看檔。

「我是孕婦所以比較麻煩，可能時間要久一些，麻煩你
倆！」

「沒關係，互相幫忙嘛！」

當小喬正在向一位路過的婦人介紹用哪一種毛巾當浴巾比
較好的時候，兩名男子互相喝罵，追追逐逐地跑到攤檔前。其
中一人應該是一家餐廳送外賣的伙記，也常見他在附近走動，

人也挺不錯，很有禮貌的。不知怎的這天與另一名男子衝突起來，到了這兒竟然被對方推倒，一下子撲倒在毛巾上。小喬的自然反應就是一個轉身用擒拿手想扣着推他的人的手，但 Stephen 更快一步，一個閃身擋在小喬與他們之間，小喬也即時察覺自己反應不當，差點露了餡。

「喂喂，小心點啊，別碰到這兒來。」

Stephen 還沒説完，對方拾起了外賣工人的袋子，整個扔向他，裏面的三文治啦甚麼的都散落在毛巾上。這還都算了，最慘的是連同幾杯冷的、熱的，奶茶、咖啡，全都潑灑在毛巾上。對方先是一怔，立馬發覺到這次玩大了，轉身就像一匹馬的朝着街上人群中奔過去，隱沒在街角處。

Stephen 氣得握着拳的兩手都在震，這回反而是小喬輕輕的在他臂膀上觸碰了一下，並在耳邊説：「Hey，calm down ！（冷靜！）」

華嫂回來時其他攤販都一起七嘴八舌地向她解説發生的事，華嫂看上去非常苦惱。

小喬已經在替她整理着攤檔，這時突擊隊剛到來，朝着華嫂走過去。

「噢，知道今天輪到自己嗎？怎麼攤檔弄成這樣子啊！」

「剛有人打架，我這攤檔被波及了，真慘！」

「説啥都沒用，輪到妳呀，還不立即行動？車快到啦！」

小喬想走上前替她搬貨，還未及動手便已經有另一檔主説：「讓我來吧！」

當他們還在討論和安排時，Stephen 把小喬拉回他們的攤檔並跟她説：「請注意，妳是甚麼身份！如果妳提意見或搬了貨，就是參與了非正當執行的職務。」

小喬用一種既忿怒又感激的怪異眼神望着 Stephen，兩眼通紅，一會兒安靜下來了，從手提包拿了五百元給華嫂。

「華嫂，妳説過近日丈夫撞車受了點輕傷，不能做隨車搬運工人而在家休息；現在攤檔被搗亂了，妳又懷孕，這點錢妳先拿着用，別跟我客氣。」華嫂雙手緊握着小喬的手，眼淚流了一臉。

「妳在懷孕中，不能太激動，沒事的，先整理好東西。」小喬繼續安慰她。

回到攤檔，Stephen 在她耳旁説：「No reimbursement（不可申請發還的啊）！」

小喬聽了，有點生氣。這時候，Stephen 從背包掏出一疊鈔票，走向華嫂，兩人嘀咕了一陣子。回來時只見小喬笑眯眯瞪了他一眼，掩着嘴巴偷笑，説：「No reimbursement！」

兩星期後，小喬的夫妻檔與派往元朗 Office 的卧底，各自交來了不少攤販和元朗 Team 的執法資料。Ronson 把涉案地點附近幾十檔檔主的資料與食環署的作了比對，也查看了有關小販和食環署職員的銀行紀錄，卻找不到任何行賄和受賄的蛛絲馬跡。

「如果有公職人員受賄，提供利益者必然是要在執行公務時有所要求。這樣，刑事訴訟之中所包含的 mens rea（動機）和 actus reus（行為）才都齊全。」Mark 哥在 case conference 中説。

「但現在除了找不到收受金錢的證據，連包庇甚麼都找不到。」Ronson 有點沮喪地説。

「有投訴、有案件，我們當然要做調查。但我們是實事求

是的。有就是有，沒有就是沒有。不必因為付出了多少而給自己壓力，必須保持客觀和公正。」作為老經驗的調查員，Stephen 覺得自己要給隊員多點鼓勵。

「現在估計沒有行賄受賄的行為。」Ronson 綜合各方面的資料，認為不會估計錯誤。

「既然最初投訴人堅稱懷疑有人涉及貪污受賄，那就是廉署的案件。就算最終調查結果不涉及貪污，但有執法人員蓄意改變執法的結果，妨礙司法公正，亦是我們的工作範圍。你們要找出證據並繼續完成檢控工作的所需文件和證人證辭，一刻也不能掉以輕心。」我總結了 case conference 的匯報。

「是！但我們還在試探其中一名食環署的職員。」Mark 的答覆好像又有新發現。

「甚麼情況？」

9.4 順藤摸瓜嘗試突破

「元朗 raiding squad 之中有一名女士，約四十歲，人稱珍姐，與其他隊員不同，她為人較火爆，常說粗言穢語，但其實她很心軟，也很正直，反而有說情的機會。我們打算從她着手，希望可以打開缺口。」

「好，當我們不能從某個方向前進時，就要嘗試新的突破點。」

這天持牌人打電話給 Stephen，告訴他最新的「旋轉壽司」安排表，他們將會在星期四被安排上警署，要他準備。當然這通電話已被錄音。

到了星期四的下午，Stephen 和小喬便按吩咐拿着貨品，與其他另外五檔的檔主，排隊在路旁等候。大車來了，眾人便自動自覺地搬東西上食環署的貨車，一齊到元朗警署「受罰」。

兩天後的下午，Stephen 和小喬回到攤檔時剛好遇上珍姐，故意裝可憐地跟她說：「珍姐，這樣一搞，我們白做幾天了。」

「人人有份，永不落空。」珍姐回答時仍是一臉冷酷。

「總算拿回了檢走的東西，不過也罰了幾天的收入，唉！」小喬苦着臉說。

「我們也要做點事嘛！好啦，我也要走了，趕着有事！」

「那麼忙啊！」

「接女兒下課呀！」提起女兒，珍姐臉上不禁露出微笑。

原來珍姐的女兒在元朗一所小學就讀小二。珍姐的丈夫是來往內地與香港的貨運司機，經常不在港，所以女兒放學後便交託親戚照顧。那天親戚有事，所以她要請假去接女兒前往參加音樂課。

Stephen 和小喬把有關珍姐的一切向 Mark 哥報告。此時兩人已混入攤販之中一個多月了，仍然沒有人向他們索賄，但「妨礙司法公正」的細節還未釐清，證據也不足，Mark 哥決定親自跑一趟，並且請 Stephen 與小喬繼續演下去，暫時未能收網。

Mark 哥和我討論了案情，彼此見解相同，那就是要獲得珍姐的協助，最好是她願意直接提供元朗 team 的執法「安排」。由於有跟蹤隊的協助和 Mark 哥這個 Section 的隊員巧妙「佈局」，某天珍姐與女兒在公園玩耍時和 Mark 哥互相認識了。

他們坐在公園椅子上聊天，一邊看着小女孩爬滑梯。

「妳的女兒學甚麼樂器？鋼琴？」Mark 哥問。

「哪有經濟能力啊！而且現在也無法購買一具鋼琴回家供她練習啊。她年紀還小，所以先讓她學習電子琴，玩玩而已，

且看她能否堅持。如果她真有天分，無論多辛苦我都會讓她正式學鋼琴的。……才開始了幾個月，遲些再説吧。」

「我的女兒也很喜歡音樂。我在家裏看電視時，每次有歌聲她都會放下玩具，目不轉睛地看着電視。」Mark 所説的其實不是他的女兒，而是他的姪女，也是位很有音樂天分的小女孩，正好借來作談話的內容。

「小孩子都喜歡這樣的。」珍姐回答時，目光一直盯着女兒。

「你在政府工作？我也是啊，是最前線的那種，跟你們『高官』沒得比！」

「不是甚麼高官啦。我是在廉政公署工作的。」

「噢？廉署……你是我認識的第一個廉署人員。」

「我們的社區關係處應該有派員到妳的部門解釋法例的，妳沒有參加過講座嗎？」

「我聽説總部有同事參加過，但我沒有。」

Mark 哥小心留意着她的眼神：「我不是主持講座的，我是執行處的調查員。」

Mark 哥直認自己是廉政公署執行處的職員，但沒有詳細告訴珍姐自己的工作，反而跟她説：「妳就當我在政府部門工作好了。」

對於珍姐而言，廉署就是廉署，是查貪污的，也沒有在意廉署有多少個部門。Mark 哥這招比較冒險，但他很相信這隊食環署職員沒有受賄，只是妨礙司法公正，甚至可能犯了法都不自知。果然從珍姐的表現中可看出她根本不害怕與廉署人員接觸。

※

他們「相識」了幾星期，見過多次面後，那天兩人又在公園「相遇」。

在這次談話中，Mark哥問及她們執法的情況。

「每個攤檔都發告票嗎？」

「是啊！同事們説要公平、公正，所以全部都要輪流做。其實如果他們守法循規，我覺得不應該告他們。沒有發出告票是因為沒有人犯法嘛，怕甚麼？可以直接向部門反映嘛！但『阿頭』不肯。我總覺得這非正路，但我職位低，讀書少，沒有我説話的份兒。」

Mark哥很詳細地解釋了甚麼是「妨礙司法公正」罪和「串謀」的意思，並希望她能當證人。

「那我不是也犯了法？」珍姐開始顯露出一臉傍徨。

「是啊。」Mark哥給了她一個她不願意聽到的答案。

「但我不能坐牢的，我還要照顧我女兒啊。你可不可以裝作沒有聽説過這件事情啊！而且，我們都不知道這是犯法，不知者不罪嘛。」

「『不知者不罪』只是民間的一種説法。在正式法律中卻剛好相反。香港的刑事法中聲明，不能以『不知道』作為抗辯的理由。」

「那我怎辦？我很害怕要坐牢啊！」珍姐愈來愈擔心了。

「如果妳願意，可當一名污點證人。」

Mark哥一方面表明自己是廉署人員，不可能知道實情而作出隱瞞，所以這案件一定會曝光；另方面解釋了「污點證人」的角色，其法律意義和責任等，並説明是否會被起訴是由律政署決定，而是否獲得減刑則是法官的決定。

珍姐是一個思路清晰及果斷的女性，她只考慮了半個小時，在帶着女兒離去之前，已經答應了翌日到廉署總部提供資料。

當天珍姐真的來了，由 Mark 哥及他的隊員在 VIR（Video Interview Room）直接做了視像取證。

DOJ 很快便批核了讓珍姐當證人，並且向其發出了暫時豁免起訴書。

「珍姐，如果要成功起訴十多名同事，審訊過程中妳可能要多次出庭作供，需時幾個月。我們怕妳會受到不少壓力，甚至可能被人騷擾。妳願意住進我們的安全屋嗎？」

「如果你們覺得有需要，我和家人能得到保護，我當然不反對。但我住在朗屏邨，上班方便，女兒上學和學琴也方便，我真的不想把自己關起來。而且這宗案件又沒有涉及甚麼人的重大利益，莫非會有人要殺人滅口不成？不會吧。我認為不需要住進你們的安全屋那麼嚴重吧。」

9.5 收網捕魚保護證人

獲得了珍姐的證辭，加上 Stephen 和小喬在小販們之中調查到的資料、食環署職員發告票時小販擺貨的情況，比對了日期、人物、地點，一切都顯示出「旋轉壽司」式檢控是串謀妨礙司法公正的行為。再者，執法時還會讓檔主找來「替身」以免真正的檔主被多次票控而影響續牌機會，這也是一種妨礙司法公正的行為。

數天後，我們取得了食環署管理層的全力支持和合作，展開了拘捕行動。我們在早上 6 時至 7 時之間到十多名嫌疑人的家中抓人，再到元朗 Office 檢走了他們執法的有關文件和紀錄。那個早上大家都很忙，但做 VIR 取證的時間卻很快，很順利。

由於他們根本不知道自己犯了法，所以翌日「過堂」（到法庭提控）時，一共十九名各級的食環署同事都不認罪，全部保釋候審。

當案件仍在審訊過程中，食環署把珍姐調往總部工作。由於處理得很好，基本上同事們也不知道，所以沒有給她帶來任何壓力。

那天下午 3 時許，珍姐突然打了一個電話給 Mark 哥，聲音有些驚慌。

「Mark Sir，同叔說他要來我家坐，我說不方便，但他硬說要來，就算我先生在也無妨，我不知道他要來說甚麼，我應該怎辦？」

珍姐說過同叔是帶她入行的，多年來照顧她不少。同叔兩年多前已退休，但仍與元朗 team 各人有來往，大家都很尊重他，所以「旋轉壽司」這玩意，同叔可能會知道。

「他甚麼時候來？」

「晚飯後，即約 8 時半。」

「妳家還有何人？先生在嗎？」

「我先生今天晚上仍在內地，現在家中無人。我女兒學琴後會去親戚家，我下班後約 6 時半往元朗接她回來。」

「妳等我的電話，我會盡快回覆妳，妳如常地工作，別擔心。」

Mark 哥立即跑到我的辦公室報告了事情。我當即反問 Mark 哥：「你覺得會有甚麼事情發生？」

「因為同叔並沒有被起訴，所以接觸證人不算違法。但他

可能會替涉案的舊同事說情，如果他要求珍姐不要出庭作證等等，則仍有可能觸犯『妨礙司法公正』罪。」

「你想如何？」

「我想 call TSD。」

其後 Mark 哥安排同事直接往食環署總部，在職員餐廳從珍姐手中取得她住宅的大門鑰匙。TSD 在 7 時半前安放好錄像錄音裝置，並在朗屏邨街市對面一家便利店門前交還鑰匙給珍姐。由於 Mark 哥在電話中已經交代了一切，同事們交還鑰匙給她時，她表現得非常鎮定。

同叔準時於 8 時半來到珍姐的單位，在閘外已喊話：「阿珍，很久沒見了。」

「同叔，你好！進來，進來！吃了晚飯嗎？」

「吃了！我也很久沒來這裏了。女兒呢？」

「女兒還在親戚家，她表姐教她做功課，我晚些才接她回來。」其實她是為了同叔來訪而臨時作了調動。

「元朗 team 在我離開後怎麼搞出那麼多的事情來？真不長進！這案件我也一直有關心。」

「同叔，我們一直都不知道這是犯法的。」

「所以不知者不罪嘛！相信他們都會沒事的。」同叔似乎很有信心。

「但好像不能托辭說『不知道』的。」珍姐正想把 Mark 哥告訴她的法律觀點與同叔說。

「但他們真的不知道，還以為自己公平公正、人人有份，應該沒有人投訴，也不知道是誰去投訴了。」

「是啊！連部門也沒有告訴我們這是有問題的。」珍姐說這話時很冷靜，沒有露出半點破綻。前段日子她一直因為答應

在法庭作證而在內心鬥爭着，現在早已平復了。

「妳知道嗎？我今天到過總部，大 Sir 告訴我，由於從來沒有在培訓班教過『妨礙司法公正』的有關法律課，所以現在由福利官協助在同事之間籌一筆錢，聘請律師幫助這幾名同事。」

「那我的心中也好過些，希望他們不會被重判。」

「那就得看在法庭上各人的供辭了。」

「同叔，你是否有甚麼建議？」

「噢，我不敢。我只是在想，日後你們見面會不會有些尷尬⋯⋯妳女兒不是很喜歡吃雪糕嗎？我明天接她放學帶她去 McDonald。」

「我的女兒我自己接！」

「妳幹麼那麼緊張？又不是第一次。以前我也替妳接過她，那時候她還在唸幼稚園。」

他們雖然還聊了一會兒，但沒有再談及那宗案件的內容了。

我和 Mark 哥把 TSD 的錄音聽了多遍，談話中可以說有些暗示，但始終覺得不含恐嚇成分，也沒有妨礙司法公正。但這次「家訪」卻令珍姐忐忑不安。

我們決定啟動「證人保護」程序。申請很快獲批，房屋署臨時安排了珍姐遷往隔幾座的另一單位，而我們從房屋署也拿到一個在朗屏邨的單位，就在珍姐住處的同一層，只相隔數戶，作為證人保護組的駐紮之地。

9.6 加強培訓保障職員

我們很快得知食環署職員籌得五十多萬，支援該十九名同事在訴訟方面的法律支出。審訊之後所有被告全部入罪，但法

官認為食環署的培訓不足，同事們對相關法律沒有認識，最重要是案件中沒有人獲取個人利益，所以雖然判他們入獄三至九個月，卻全部緩刑，各人亦獲得部門續聘。

其後食環署安排了一些法律課程給該署的職員，還邀請我作教官，可惜我的工作未能配合。我提了些建議，最後他們邀請了一名退休警務人員專門設計法律培訓課程並出任教官，從此小販管理工作更有法律保障，職員們都知道如何作證，如何處理檢取的證物等等。該署也邀請了廉署防止貪污處重新設計工作程序，並由廉署社區關係處派員舉辦一連串講座以增加職員對該等程序的認知。此外，食環署也做了一個非常全面的檢討報告。

※

案件結束時剛好臨近聖誕，我如常資助舉辦我這個 Group 的聖誕 Party。

午飯時間，大家在會議室聚集，並由 Ronson 和小喬負責安排。他們也從另一 Group 請來了 Stephen 當司儀。這時一名 Section Head 悄悄地告訴我這 Group 將有喜事。當我還在追問之際，大家原來已經準備好了，一同向着男、女司儀擲花及鼓掌，正是站在中間的 Stephen 和小喬。兩人終於在眾人的要求下，很靦腆地手拉手讓我們拍照。

有人說「兔子不吃窩邊草」，但那也不一定。廉署人員的忘我工作態度之下，我們每天與同事一起要比跟家人一塊兒的時間更長。別說談戀愛，連找個對象也不容易。所以每當回到辦公室，就會有回到家的感覺。

我走到他倆面前，握着 Stephen 的手說：「這是我這個

Group 最大的喜訊，祝福你倆永遠幸福快樂！今天也是我這一年來最開心的日子。我要向大家宣佈一個消息，我剛知道，Stephen 獲晉升為 CI（Chief Investigator，總調查主任），今天下午你們會看到 Routine Order（公佈），我們先在此恭賀他。」

此時，我的「卧底團隊」有三個總主任了。

幾年後，Stephen 更獲擢升為 PI（Principal Investigator，首席調查主任）。他們之中，終於有一個是首席了。

虎生三子
必有一彪

—— 元 · 周密《癸辛雜識》

☑ 妨礙司法公正是「具有妨礙司法公正傾向及意圖的作為、一連串的作為 或行為」（an act, a series of acts, or conduct which has the tendency and is intended to pervert the course of justice），具體表現在任何一種 下列的行為：

- 終止刑事檢控以換取報酬

- 提出虛假的指控

- 向調查人員提供虛假的陳述

- 刻意協助他人逃避追捕

- 恐嚇、脅迫或騷擾證人

- 證人故意不出席聆訊，以換取報酬

- 捏造、藏匿或毀滅證據

- 不當地終止檢控

- 使原來可能得以提出檢控的法定 程序受挫

- 在知情的情況下協助另一人妨礙 司法公正，即是串謀妨礙司法公 正，同樣是犯罪。

☑ 立法會在 2008 年通過《2008 年成文法（雜項規定）條例》，令法院 可對妨礙司法公正判處以任何刑期的監禁及任何款額的罰款，以增加其阻 嚇性。

第十章

樓宇

10.1 圍標案

在食環署的案件結束後，我轉職並調查過其他政府部門、公共機構、私人企業等等的案件。其中費時較多的是多層大廈業主立案法團的案件。我帶領該 Group 共六年多，調查主要涉及在大廈維修工程中的「私人機構貪污行賄」等犯罪行為。

那天我和幾名下屬正在討論一宗大型屋苑維修中的貪污案件。大家調查這宗案件已經有一段時間。

「這一類案件的投訴人多數是業主或法團的委員。」

「是啊！他們從廉署社區關係處獲得資料，對法例有認識，對廉署也有信心，所以敢於 Walk Tall 挺身而出，舉報貪污！」

「大廈有很多種類，就以這個屋苑來說，面積很大、單位又多，此類屋苑一次翻新工程涉及的金額動輒達到數千萬元。」

「對，由幾十萬到幾千萬，甚至過億的工程都有。」

「我看這『圍標』是較為普遍但廉署又很難取得他們犯罪證據的作弊方式。」

「對！數家投標的公司合謀串通，把價錢定在某一個『高』位，幾家公司差價不大，無論哪一家中標，實際上工程都是以一家的名義來承接、再分判給其他幾家來做。」

「這也是常見的。這行業裏都是有特定團伙的。水泥、雲石、磁磚是一批工人；木工歸木工；水電又是另外一批工人。拿到工程合約的『大判』，也是要分判出去的。這些團伙可分成多家公司，誰中標基本上都沒有甚麼差別。」

「有些公司完成了工程後便會結業，那更難查。」

「他們做到合情、合理、合法，文件處理極度小心，這是調查中遇見其中一個最大的困難。」

「無形中業主需要付出更高的價錢才可進行維修。」

「許 Sir，你最擅長運用臥底人員調查，我們可否一試？」

「你是否看多了這類電影？」

話音剛落我自己也笑了，因為我突然想起多年前 B2 的 Section Head，Nicholas Martin 也是這樣子取笑我。

「不是我不想，但是，非串通的公司，是不能打入他們的圈子之中的。他們不會和你合作的。而且，行內工程費是階段性付款，沒有完成某一階段的工程，便收不到該期的錢。要拿到證據和摸清金錢的走向，便真的需要參與工程，然後拿錢。但若要派人進去當臥底，是要做木工還是泥水工？我們的同事誰懂？你啊，你想做泥水工還是電工？」我向他們解釋了以臥底進行調查的局限性。

當大家都未能提出甚麼辦法解決之際，幸運之神又來了。

10.2 因懷疑而舉報

「許 Sir，昨天有一名女士到油麻地分處舉報，她投訴的內容涉及我們正調查的一宗案件，經 Morning Prayer 指示我們跟進，file 剛到手，可是今天她又再去了油麻地分處，現在正前來總部的途中。」

投訴人是一名護士，她是該屋苑業主立案法團的副主席，曾經參加過社區關係處舉辦的「樓宇維修研討會」。我的一名下屬 Ronald 接待了她。

「麥太太，妳當了這業主法團的副主席有多久了？」

「我婚後便遷進來，在這兒居住有十年了。以前是我的先生當副主席的，但六年前他忙於內地和香港兩邊的生意，很多時候連開會也無暇出席；當時我剛生完孩子，便從醫院轉到私

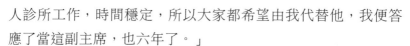

人診所工作，時間穩定，所以大家都希望由我代替他，我便答應了當這副主席，也六年了。」

「妳說他們的會計報告有問題嗎？你們與管理公司的合約如何，可以解釋一下嗎？」

「我們屋苑的管理合約說明法團是以一個『代管理』的金額付給管理公司，合約期為三年，分三十六個月按月支付。管理公司收取了這筆費用後，代為管理屋苑。至於管理上的一切收支、聘用多少職員、保安、安裝及維修等，要在每月例會中與法團商議及獲得同意，全部實報實銷並且要做會計報告給法團的。管理員是直接聘用的，但清潔則再分判給一家公司負責。」

「現在有甚麼問題？」

「他們很多收支項目含糊不清。我們這裏單位多，總會有些住戶可能不在香港、忘記了或甚麼別的原因，逾期交管理費，所以每個月總有些應收而未收的賬，或有些從上個月撥歸到下個月的收入。支出亦有可能是跨月份的。這些都是小問題，但長久下來便有很多疑問，我嘗試提出卻不得要領，我也算了。但這次全屋苑大裝修翻新外牆及更換水管，問題可大了。」

「這次是由業主法團找工程公司的嗎？」

「這次特別與管理公司訂立一份新合約，他們要代法團尋找一家顧問公司。這顧問公司負責標書及有關程序，建議我們如何選擇工程公司，以及在施工過程中替我們監督工程。」

「這也很合理呀。」

「我作為副主席，聯同幾位委員，堅持要請政府派人來做講座。結果舉辦了一次，還請了民政署和你們廉署派人來講解，也有一位律師在場。現在這些安排也是當時講座中提議的。」

「那不是已經很好了嗎？」

「我發現主席和現在的顧問公司原來是舊識。他們先找了幾家工程公司商討和報價，然後才補登幾天報紙招標廣告，結果又是相同的那幾家公司投標。我覺得有點造假。外牆、棚架和水管分三家公司做，說是要平衡風險，結果工程一直拖拖拉拉，幾家公司互相指摘卸責，現在又搬出一些理由加價。」

「到此都不能說有甚麼犯法的行為吧！」

「但是有一天我在尖沙咀飲茶的時候，看到我們業主法團的主席與其中更換水管的那家公司的老闆一起，在座還有雙方的家人。本來我也沒有太大懷疑，但我前往洗手間時聽到兩人的妻子互相稱呼，才知道是兩姆娌，主席的妻子我是認識的，但估計當時她沒有看到我。」

「開會的時候主席有沒有申報利益衝突？」

「當然沒有。他還極力推薦這家公司。」

「其他委員有甚麼反應？」

「財務與主席是一起遠足的老朋友，是主席介紹他購買現在居住的單位。他也是主席的麻雀腳。」

「妳似乎想暗示些甚麼。但這些關係只可作參考。他們還有甚麼特別的交往讓你產生懷疑？」

「他們的工程拖拖拉拉，但我們竟然要預支工程費，說是用於購買材料。我知道一般工程都會分數期付款，待最後全部完工、沒有錯漏，才付尾數。我們的工程預計十個月完成，現在做了八個月，只搭建了棚架，水管只做了六分之一，外牆翻新只剷去了灰。據說要再做六個月，但錢已付了八成，現在仍在討論加價。」

「我們想請妳看些照片，請逐一告訴我照片中的人是誰好嗎？」

麥太太看到桌上展示給她看的照片，很驚訝地問道：「你

們為甚麼會有這些照片？你們已經在調查他們了嗎？聽說做甚麼……圍標？是嗎？有沒有人收了賄賂？是不是主席？……啊……不好意思，我問得太多了！」

「妳已經來到廉署作出投訴，所以我要提醒妳，這次談話的內容是保密的。妳的投訴內容、涉及的人物等，也不可再向外談論，否則亦屬違法。」

10.3 良心驅使　盡吐真情

據麥太太所言，她與管理公司經理認識了兩年多，覺得他為人頗為正直，可能知道不少事情，但未必會前來投訴。廉署可以嘗試接觸他，一探究竟。

翌日我們邀請了管理公司的經理回來協助調查。

「你負責這屋苑的管理有多久？」

「兩年多。」

「最近屋苑的維修工程你是負責人嗎？」

「我們公司受法團委託，給我加薪，讓我兼任統籌這項目。首先法團會聘用一位顧問，他會負責招標、選擇工程公司和監督工程。我的公司會由我統籌及提供協助。」

「我們想看看這幾家公司的資料和開標時的文件。」

「阿 Sir，我只是一名職員。我知道的事都會和你們説，甚麼都可以配合。老實說，這項目真的有很多問題。」

「你願意和廉署合作？」

「我當然願意。我也有些徬徨，正不知如何是好，今天你們來找我，我便告訴你們吧。」

我們徵得他的同意，直接在 VIR（Video Interview Room，

視像會談室）中向他取證。

「聽說這幾家公司以前在其他項目都有合作過，他們是同一伙的。他們也有給我好處。有一天主席要我替他購買一套電鑽，說因為我比較熟悉。他還向我取得個人銀行賬戶資料，好把購買電鑽的錢過戶給我。兩天後，他又再問我有否留意銀行多了五萬元。他跟我說不必問原因，將來有很多事情要請我幫忙。這五萬元我一毛錢也沒有花。我也願意當證人，不過，日後我可能要轉職了。」他恐怕事後很難再在這行業立足。

主席和委員都只是各業主的代理人。這宗案件懷疑涉及收受賄賂，抵觸《防止賄賂條例》第九條。由於麥太太、管理公司經理及另外兩位法團委員的協助，我們更清楚了解可能違法的地方，可以集中取證，結果這案件的破案較預期更快、更理想。

市民對廉署的信任十分重要。麥太太和管理公司的經理對此案的成功破案有關鍵性的影響。在案中，業主立案法團主席和財務都因行賄、詐騙、盜竊和做假賬而被定罪。可惜各人的證辭都不足以指控幾家公司的負責人行賄，而廉署亦找不到有力的證據指出金錢的走向，所以這些公司的老闆仍然逍遙法外。

管理公司經理仍然繼續被聘用，只是管業集團把他調往另一個屋苑工作。他還邀請了廉署職員往他的新工作地點主持一些法團講座。管業集團其後亦邀請了廉署的防止貪污處研究及建議一些程序，配合重新修訂的職員守則，以防止再發生職員受賄的事情。

10.4 屋苑維修　如陷地獄

　　這天 case officer Benjamin 拿出了一封信在會議中陳述，那是關於另一宗維修貪污案件的投訴。

　　「投訴的內容是關於『甘露庭園』屋苑的大維修。那是一個私人屋苑，共有 30 座（幢）、每幢樓高 12 層，一梯十伙（每層有十個單位），有四種不同的單位面積，由三百多平方呎到五百多平方呎，全屋苑一共有 3,600 伙，維修總額達到兩億六千多萬元。這跟一宗月前 QRT 收到的案件相同，已經合併處理了。」

　　QRT（Quick Response Team）是幾年前成立的隊伍。近年來社會上的反貪污意識高漲，市民稍遇到值得懷疑的事情便會到廉署投訴。這是全民反貪的好現象，但其中必定包括一些誤會或只是聽聞、轉述的事情，經過初步調查，便可結案的。為了能夠更快回應投訴者並為他們釋除疑慮，廉署成立了由經驗豐富的調查員組成的 QRT，以期更快更好地處理這些案件。由於此案件的初步調查顯示是 TCP（Traceable Corruption Pursuable，可追查的具名貪污投訴），故此轉交本組跟進。

　　「QRT 的是 in-person（親身投訴）嗎？」我繼續追問。

　　「Yes，是一對夫婦。」

　　「先把屋苑的背景、大概情況等說來聽聽。」

　　「Yes，Sir。二十五年前，該屋苑的發展商為了向收入較低的中產或打工仔（受僱人士）提供置業機會，以當年同區樓價的六成售樓，說明是低成本建築，所有水、電皆用明喉，外牆只掃油漆，沒有停車場和休憩場地，更沒有會所等設備。由於價錢便宜，開售時大排長龍，有興趣的顧客要先領籌，抽中簽者才可揀選擬購買的單位。」

「一層有十伙之多，用料又低廉，這種樓宇也需要排隊購買嗎？」

「如能做到二十五年的樓按，每月供款額與當年同區舊樓的月租價錢差不多，所以很受歡迎。」

「這樣的樓宇，久而久之必有問題。」

「最初十年樓宇的整體狀況還是很好的。第二個十年開始，升降機就經常發生問題，明喉的電線管破裂，電線外露，導致一些單位經常停電。外牆滲水嚴重，牆壁開始有剝落的情況。」

「所以要做大維修？」

「前來投訴的夫婦，先生姓何，是做酒樓廚房的，在家的時間少，所以主要是由何太太提供資料。何太太是補習老師，也是業主法團的委員。她因為懷疑主席和幾名委員藉着屋苑維修串謀騙財，便往警署報案，但警方初步調查認為涉及貪污，着她來廉署投訴。」

「維修出現了甚麼問題？」

「屋苑在一年半前開會討論大維修，經過了一些程序，工程開始動工了，但過了一年多，各家公司相繼停工，他們在沒水、沒電、無電梯、無石油氣的情況之下，如住在地獄裏，根本無法生活。她投訴主席串通法團的委員貪污，但又不能指出那些委員是誰。」

10.5 分拆工程　予取予攜

「這些工程公司不是經由顧問建築師揀選的嗎？為何停工了？」

「全部按照程序揀選和簽約的。」

「調查結果如何？」

「初步調查發覺工程分了給五家公司分別做更換升降機、防漏、搭棚、外牆和水電，由一家顧問公司推薦，經業主法團逐家簽約。但據調查所得，那家顧問公司是一家小公司，只有建築師、一名秘書和一名清潔員工共三人。五家工程公司中有四家已經結業，它們的地址都有問題，其中一家更是用一個公屋住宅單位註冊的。另外，業主法團主席只是一家律師事務所的文員，卻在一年多之內頻密地有多次大額存款存入銀行，總數竟然超過兩千萬。」

「管理公司涉案嗎？」

「業主法團沒有聘用管理公司，只是由主席聘用了一些保安員和一家清潔公司。」

「你有何計劃？」

「雖然主席很有問題，但暫時證據不足，又不想打草驚蛇。部分委員可能涉案，但未敢肯定是誰，也沒有表面證據。所以想你批准，用臥底人員潛進屋苑以取得賬目詳情和維修工作的紀錄，並且可以直接接觸那些業主，包括委員。然後才作下一步部署。」

我和 Benjamin 在會後作了詳細討論，最後我批准了他的調查方法。

「Ben，我們如何派人進去？」

「該屋苑的保安工作由十二名保安員負責。共分為日、夜三更，每更四人。他們負責在管理處駐守、定時巡邏每幢樓的後樓梯、收管理費、做小維修和更換樓梯的燈泡等工作。由於現在沒法乘升降機到頂樓再往下跑樓梯，巡樓變成苦差，有人辭職，又沒人肯幹這薪酬不高的工作，所以有兩個保安員職位出缺，這也方便了我們派人進去。」

「我屬意派 Jackson 進去。」

「很好，但我的幾名下屬最近已經以不同名義接觸過該屋苑的管理處……」

「我來安排吧。」

Jackson 是我這個 Group 另一個 Section 的同事，他長期接觸大廈維修、管理等的案件，要扮演一名保安員應該沒有問題。一星期後 Jackson 已進入該屋苑工作，基本上是需要輪班的。這樣有一個好處，可以在晚上與更多的住戶溝通，掌握實情。

一星期後，他已有了一份詳細報告。

「這次屋苑大維修分別以各單位的面積決定收取多少維修資金，每戶由六萬元至八萬元不等，這已經是這些家庭的所有積蓄。據我了解，有些家庭甚至需要向財務公司舉債。但大家對維修後的居所都有憧憬，而且大部分一手業主在屋苑已居住了二十多年，房貸快還清了，這是自己的物業，所以雖然辛苦困難，但大家都盡力交付了維修費。」

10.6 住戶苦況　難以想像

一個大雨滂沱的中午，Jackson 在大廈遇上了曾來投訴的那位何太太。對方當然不知道他的身份，只當他是新來的保安。

「只有你一個人嗎？」何太太問。

「其他人巡樓去了。」

「巡甚麼呢？沒水沒電，誰來這鬼地方偷東西啊！」

「現在缺人手，更要小心點呀。」

「每個人像你這樣就好了。」

「你站進來些吧，雨下得挺大的。」

「我家裏都一樣，你知道嗎？我在廳裏放了兩個盤子，睡房裏要放一個水桶。每逢下雨天都要這樣。還以為盡快完成維修工程可以改善情況，現在都不知道要拖到何時。」

「妳去接女兒放學嗎？」

「是啊！車快到了。我是當補習老師的。以前接女兒放學後，可以在家裏替別的孩子補習，有幾名學生會來我家，收入也算一般吧。現在接女兒後要先送到親戚家，再到學生們的家上課，不能把幾名學生聚在一塊一起教。收入少了，麻煩多了，工作時間長了，唉，我也不知道說甚麼才好。」

「其實現在每座樓的大閘門都長期敞開，巡樓的作用也不大，有心要溜進來很容易，這屋苑又沒有安裝閉路電視。」Jackson 說。

「沒辦法啦，我們天天都要往對面的公共浴室取水，進進出出的很不方便，所以大家都把每幢樓的大閘門打開算了。」

在這時管理處旁的第八座閘口傳來呼叫聲，他們都一起跑了過去查看。

「唷！譚先生，你怎麼坐在地上？」何太太說。

「他滑倒啦，地面濕滑啊。」旁邊另一位住客說。

「你行動不便還提着這一大桶水？」何太太問。

「人老啦，也沒用啦，還倒了一地的水，真不好意思，謝謝大家。」

「你曾經兩次中風，行動不便，為甚麼還親自打水？有沒有受傷？」

「家人要上班嘛。沒事的，只是滑倒了。」

「你還以為自己是當年剛搬進來的年紀嗎？」

「我只是住在三樓，不高，還可以的。」

「譚伯伯，我叫 Jackson，是新來的保安員。管理處就在這

旁邊，以後每天我替你往對面浴室打水好嗎？」

「不用啦。」

「別客氣，就這麼定吧，明天這時間我去你家找你，我現在先替你打這桶水。」

當 Jackson 將打好水的水桶交給譚伯時，譚伯很感動，「謝謝你呀，年青人。」

「不用謝，別客氣。唉，你們怎麼都坐在門口的？」

「屋苑沒電，別說空調了，連風扇也不動了，所以大家都打開門窗，也開了樓梯的窗通風。坐這兒比在屋裏舒服涼快多了。」

Jackson 看見家家戶戶都在廳裏點燃了不少蠟燭。

「你們點蠟燭已經幾個月了？」

「也用太陽能的燈，但日間掛在窗外，晚上才用，否則不夠電呀！」

「看來大家的生活真的受到了很大影響。」

「這裏是人間地獄呀！」

10.7 造賬高手　李代桃僵

又到每週的匯報時間了。這天 Jackson 直接回總部做報告，還帶來了一些文件的影印本。

「Sir，這屋苑的賬目是貼在管理處的佈告板上。收入方面只有兩項，即每月的管理費和停車場月租。法團把各座之間的空位劃為百多個停車位置，出租給業主，有了這些收入的補助，所以這屋苑的管理費一向還算偏低，但因為做大維修要搭棚，一半以上的車位現在都暫時封閉了。」

「大維修的賬目也有嗎？」

「在月結中有包括，亦有在另一份獨立賬目中顯示。這筆大維修的費用，應該分三期支付，分別是佔 40% 的 down payment（訂金），30% 的中期費用及 30% 尾數。而尾數一般需要完成所有工作，經法團驗收後認為滿意，無須跟進，才會交付。但屋苑的賬目顯示三期的款項都已經付了，怪不得那些公司都相繼溜跑了。」

「誰人可以開票？」

「主席加上兩名委員。兩名委員的資料在這兒。」他給了我兩頁 A4 紙。

「那些公司的收據呢？」

「這人很小心，賬目詳細分明，但找不到正本，檔案中只有這些收據的副本。但似乎支付及取回收據都由一家律師事務所經手，收據上都有那律師事務所的蓋印，連副本都有，也另外蓋上 certified true copy（核實副本）。」

我看到在副本上蓋印的正是主席受僱的那家律師樓。

「很不錯，你繼續留意主席或法團委員之中近日是否有人跟那些工程公司聯絡。還有，看看業主或住戶們有些甚麼投訴，全部記下來。」

我聽畢 Jackson 的報告後立即召見了 Benjamin。

「Ben，作為 Jackson 的 handler，我會要求他繼續 mon（即monitor，監視）住屋苑的各委員。」

「Sir，但這律師樓有問題。主席在其律師樓怎麼可以有權簽發文件？」

「未必，這些收據只有 chop（印鑑），並無律師的簽名。而主席並非一名律師。」

「所以那幾名 partners（律師事務所的合伙人）可能不知

情？」

「唔……我會嘗試找出事情的真相。」

※

兩天後 Stephen 和 Tiffany 一起出現在我的辦公室。

「Stephen，你已經是 acting Group Head，所以你直接當小喬的 handler。這次可能是你們最後一次在卧底工作上的合作。相信你們都明白，兩夫婦婚後是不能在一起工作的。我希望你們能夠忘記你倆的關係，好好地幹，別被個人感情影響了工作上的決定。我要每天有報告，understand?」

Tiffany 用堅定而冷峻的眼神看着我說：「Sir，我肯定 OK。」

我心裏明白，他們倆都一定 OK，只不過職責所在，亦是廉署內部的規定，所以我一定要正式作口頭闡釋，並記錄在案。

在該律師事務所一名合伙人的舊同學介紹之下，小喬作為一名資深的「師爺」（criminal law clerk，刑事法事務員）進入了該公司工作。

這天小喬與業主法團主席一起在律師樓附近的一家日式餐廳午膳。小喬穿着平日的 madam look 服裝，黑、白配搭，很入戲。

「我可以在哪兒找到 expenses forms（開支申請表）？」

「所有 claim forms（申請表）都在我旁邊的櫃上，每一種類的表格都有 label（標貼）註明，找不到可以問我呀！」

原來主席在律師事務所是擔任 account clerk 的。

這天天氣不好，天文台掛起三號強風信號，聽說還會在稍後懸掛八號烈風或暴風信號，律師事務所的同事都紛紛盡快處

理好手上的工作，準備隨時撤離辦公室。

「你怎麼還不走？」小喬着那位簿記員早些回家看望兒子。

「還未可以。」他向小喬打了一個眼神，望了一眼他的上司（那名主席）。

小喬一直在處理自己的工作，假裝相當忙碌。不久主席先離開了，小喬覺得這是一個機會。

「我這裏有一份 claim form，麻煩你蓋個印好嗎？」她將表格遞了給那名簿記員。

「我沒有那印鑑。」

「不都是你做的嗎？」

「是啊，但那印鑑是師傅（即主席）他拿着的，他已經下班了就要等待明天、或且颱風過後上班時再跟他要。」

「就是說你蓋章的時候他也一定在旁？」

「那也未必，這一年多以來，有些只是收據的簡單文件，他會一套套的把有關的支票配好了，再拿給我蓋印和做紀錄，他也很信任我的。」

小喬見他好像正整理着一些要紀錄的文件，立即從手袋裏拿出一個唇膏盒，翻開一面小鏡子，裝作整理儀容。那是 TSD 的好東西，實際上她是利用這小工具在對方背後的書櫃玻璃門的倒映中窺探他的電腦屏幕，而且可以放大至清楚看清文件細節。

「他交給你自己填報？」

「是啊。」

不久，機會來了，天文台終於掛上八號烈風或暴風信號了。所有職員都趕忙下班，離開公司，只剩下小喬和一名 Office Assistant（辦公室助理員）。小喬忙着在影印機前複印文件以及在電腦裏處理文件。她希望盡快在公司的伺服器上找到那紀錄

的檔案並下載到一張小磁碟上。

　　可惜，事後證實那並不是律師事務所的正式檔案，只是會計部自己的工作紀錄。

※

　　一週之後，Stephen 向我作了匯報。

　　「許 Sir，那名業主法團主席負責該律師事務所的一切賬目已有十多年，而且是與銀行聯繫的主要人物。雖然如此，幾名合伙人仍然十分小心，事務所的賬目都由他們核實及把關，所以從來沒有發生過問題。但用該事務所的信箋和印鑑，該主席肯定做得到。事務所有幾款不同的印鑑，各有不同用途，而這個 account 專用的，則交由他保管。」

　　「小喬認為幾名合伙人並不涉案？」

　　「表面上的確如此，但時間尚短，她要求多一、兩週的時間。」

　　「還有，所有收據的蓋章皆由一名低級的簿記員按主席提供的文件而做，而且事務所的正式檔案之中並無紀錄。如果出了事，都只是由該名職員負責。」

　　「還想李代桃僵？」

10.8 峰迴路轉　取證抓人

　　這樣又過了十多天。一個星期三的上午，Stephen 突然接獲小喬的電話。

　　「芬哥，阿叔中午跟馮生慶祝生日，你有沒有時間陪他？」

「芬哥」是 Stephen，「阿叔」是他們約好了的暗語，指的是主席。「慶祝生日」是一起吃飯的意思，而「馮生」則不知道是誰。那應該是要求 Stephen 出動，前往看看主席約了一個重要的涉案人物一起吃午飯。

　　Stephen 沉思了一陣子，赫然想起那名屋苑大維修的顧問是姓馬的，「馮京」？「馬涼」？應該是主席和那姓馬的顧問約了午膳。

　　現在是上午 10：30，還有兩小時，應該可以——

　　「喂，是 TSD 嗎？」

　　Stephen 亦同時申請了跟蹤隊協助。在適當的距離，在 TSD 的協助下，Stephen 監聽了兩人的談話。我們發現主席和這名顧問是相識十多年的朋友，並把兩人涉及大維修的賄款和如何收拾「爛尾」等問題的對話錄了音。

　　「你說他們都溜到哪兒啦？這躲着我怎辦？」

　　「是你說付全款給他們的啊。」

　　「他們幾個全部都是親戚，沒想到會這樣害我，現在全跑掉了，那三千多戶，一萬多雙眼睛看着，早晚會出事的啊。」

　　「你是主席，比較麻煩。」

　　「你是工程的顧問，負責監管呀。」

　　「你別嚇唬我，我也當過咱們協會紀律委員會的委員的。」

　　「我知道，除非事情捅到了執法部門而且證據確鑿，否則你們會大事化小，小事化無嘛。」

　　「唷，這是你說的噢，我可沒說呀。你知道嗎，最嚴重的可停牌的呀。」

　　「那你還敢拿我的錢？」

　　「你知道嗎——」他壓低了聲線，往兩旁看看，再繼續說：「這麼大數額，上億的 project（工程），正式落標要三十至

四十萬。其他大發展商的工程還可以，但在大廈維修工程來説，這個價錢太貴，是很難拿到的，競爭太大了。要嘛不落標，要嘛好像這次，以三萬八這個數做，但背後已經談好了，有足夠的 rebates（回扣）。這世界誰不想做好人？只是好人難做嘛！」

「現在怎麼辦？得想想辦法啊。這些實際上做工程的分判商都是由你介紹給我的幾名親戚的，可否叫他們先繼續開工，錢慢慢想辦法呢？」

「你還説？你的幾名親戚拿了錢跑掉，還欠他們兩期工資沒有發放，我每幾天就要接他們的投訴電話，有一個更在晚上凌晨零時準時打給我，這『午夜凶鈴』不知還要折磨我到何時呀。」

「我在前些日子已經自掏腰包拿了近千萬元墊支，讓他們開工了。」

「那還不是我們給你的一部分嗎？」

「唏，我倆現都坐在同一條船上啊。」

其後兩人自怨自艾，繼續談了一段時間，但似乎都一籌莫展。

我們鎖定了該工程顧問，在他的幾家公司及個人的銀行賬戶中，卻找不到任何涉案的疑點。三天之後，廉署認為這段錄音及主席的賬戶資料，已經可提供足夠的 prima facie evidence（表面證據），懷疑兩人分別涉嫌觸犯《防止賄賂條例》第九條的「行賄」和「受賄」罪，決定執行對兩人的拘捕行動。

拘捕行動很快、亦很順利，包括搜查了他們倆的住所和顧問公司。其中在主席家裏的保險櫃內檢到一本小冊子，上面的數字和日期剛好與每次在他銀行戶口的大額存款流動完全吻合。但小冊子中記載的名字是代號。Benjamin 在 VIR 跟他取證。

他最初還在裝，但知道我們錄取了他和顧問的談話後，整個人馬上垮了。

10.9 案情大白　　法理不容

「你是否把三期的錢都付清了？」

「是啊，把三期的錢全付清了。」

「他們如何向你支付你的那份？」

「三期的錢不是分三次，而是分很多次⋯⋯好像是八、九次，開票給各家公司的。每次他們收錢後都會把回扣以現金在不同的銀行分行存到我賬戶內交給我，以免被追蹤到來源。連顧問公司在內一共六人，在一年半之間分五十多次入賬，每人的回扣不同，我收了約共兩千萬。因為他們這幾個月跑掉了，我已墊支了近一千萬，讓下面的工程公司繼續開工。可是第三期的工程費約八千萬，所以⋯⋯他們又停工了。」

「這些名號代表甚麼？」

「『大廚』即是顧問公司，『二廚』到『六廚』分別是更換升降機、防漏、外牆、水電及喉管和搭棚的分判公司。」

「都是由顧問公司揀選的？」

「不，那只是程序而已。他們都是我的親戚，其中一個是朋友。」

「你認識那麼多工程公司？」

「不，他們都不是搞工程的，都另外有職業的。」

「那他們如何可以做？他們懂嗎？」

「他們成立公司做判頭而已。真正的工程由下面的正式分判商做，那些公司是馬先生介紹的。他是建築師，認識很多工

程公司。」

「你向法團指出其中一筆五十多萬的費用是查冊、訪問和聯絡用，那是甚麼？」

「在法團揀選工程公司和簽約之前，要往公司註冊處做查冊、影印文件、往訪每家公司，還要和不同的公司負責人交際、聯絡，篩選出現在這五家公司，再準備大量文件供呈閱，又要寫成報告給法團的『維修委員會』等等的工作。」

「據知那委員會只開了一次會。」

「哦……是。」

「那這些工作實際上有沒有做？」

「……沒有。」

10.10 制度漏洞　萬般無奈

其後這名主席被控受賄、盜竊、偽造賬目及詐騙罪，在 VIR 錄影中和在過堂時他已全部認罪。

在一週之後的 case conference 中──

「我們不能起訴那名顧問？」

「對，因為主席誓死不肯出庭指證其他人。」

「是啊，有那段錄音也要有主席的證辭配合才成。」

「顧問公司及他個人的賬戶中都沒有找到可支持的證據。」

「其他的工程公司呢？」

「這些所謂『公司』四家都已經結業。他們所有交易都沒有文件和紀錄。都是以現金存入主席賬戶的。其中三家連負責人都已失蹤。」

「合約呢？」

「合約上全是假名字。負責核實者是主席。連顧問合約上的名字都是假的。」

「律師樓的合伙人不知道有此事，事務所的文件中亦沒有紀錄。」

結果我們只可以起訴那名主席。雖然他其後又反供不認，但所有證據都十分明顯，最後被判坐牢、罰款及充公非法得來的二千多萬。就算其後上訴減去他曾墊支的九百萬，還需要交還一千多萬元。最後他惟有宣告破產。

涉及樓宇維修的案件很多很多，卻不是每宗都能順利破案的。更多的是就算盡了力、破了案，而最終只可無奈地看着部分疑犯輕鬆地步出法庭回家。以上就是其中的一個例子。

10.11 市民支持　集思廣益

在這宗案件之後，我又再投入另一宗維修工程賄賂案的起訴準備工作之中。案中各疑犯的口供頗為複雜，所以我連續三十多個小時沒有休息，一直到我認為口供和證據皆達到標準。

突然間，我感到眼睛很痛，這種疼痛已經不是第一次了，視覺也隨即模糊起來。我的視力一向不是很好，近視相當深。我一直有戴隱形眼鏡，但過於勞累時眼睛就會痛，因為淚水分泌不足。

「許 Sir，我建議你去做針灸。」一名下屬見我近日常說眼睛不適，不夠淚水，便主動向我介紹一位在尖沙咀的名中醫方醫師。

「可以嗎？」

「很有效的。我叔叔也有同樣症狀，在他那兒連續施針兩個月，每星期一次，現在好多了。」

　　從此我變成了方醫師的常客。他每天從早上 9 時多開始，一直工作至晚上 10 時，但因為來求診者眾多，就算只做熟客，對其他新求診者一律說沒有檔期，但仍然經常超時工作至深夜。

　　「Ricky，你知道嗎？本港各國領事，絕大部分都有長期在我這兒求診的。」

　　「一點也不奇怪啊。在新中國成立五十周年那專輯《當代二百名中醫師》之中，你是被重點介紹的。」

　　「豈敢、豈敢！我想說的不是這個，我因為一時口快，答應了他們派人協助籌辦聚會，現在很麻煩！」

　　「甚麼事？我記得你也曾經邀請我出席過一次晚宴，當天晚上還有一位西醫演講。」

　　「他們來自不同國家，座位表要很細心策劃，我派了職員負責協助秘書做義務籌備工作，但卻錯漏百出。不是座位表安排出錯便是翻譯員缺席。我在最近一次聚會中建議邀請你協助，而他們全部贊同。他們對廉署人員的工作能力絕無異議，而且認為若能邀請到廉署人員當義務統籌是榮耀。」

　　我仍然在職，不知是否可行，故此沒有即時答允。其後我查閱了公務員《銓敍條例》，並諮詢了 ADA（廉署行政處助理處長）。

　　「你肯定是在下班之後才工作的？」

　　「是，只是籌辦飯局，而且是義務的，不掛任何職銜也不會有甚麼利益。而且每餐飯我都要付費的。」

　　「那原則上沒有問題。不過請注意，不可因此而跟你的工作產生衝突。如果日後發現可能存在衝突，便要停止並再即時

申報。」

自此，我在那兒協助每月一次所有駐港領事的聚餐，漸漸也認識了一些華籍的名譽領事。他們很多都是商界領袖。一般市民都很支持廉署，這我是一向都知道的，但政界和商界人士也十分支持，我是在這裏才知道。

我在他們之中很受歡迎，因為閒聊之際，我總能與他們分享「故事內容」。雖然我從來只是回覆提問，而且，因為我簽署了 Official Secret Act（保密規條，現稱 Official Secret Ordinance），只會有限度地提供已經完全審結的案件的非機密內容，但這已經足夠讓他們樂上半天了。

在一次晚宴聚會中我認識了前來主持城市規劃講座的一位建築師。他還不到四十歲，真是青年才俊啊。飯後我請教了他很多有關樓宇維修和圍標的問題。

「這範圍很廣闊，廉署一個部門是處理不了的。最多只可治標，不能治本。」

「我也這麼想。有消防條例、建築物條例等，如果有商業單位，甚至會涉及勞工法例的一些要求。」

「還有，一些零散的單幢樓宇，很多業主已經是老年人，卻仍有經濟條件，會是一些集團的行騙對象，假裝替他們搞大維修而斂財。」

「其實要遏止屋宇維修的弊端，光靠廉署單獨行動是不可能的。若能由廉署牽頭，建立一個跨部門小組，邀請屋宇處、警務處、房屋處、消防處及市區重建局參與，齊心建立懲罰機制，對付無良的建築師及有牌的工程判頭，必定收效。因為在缺乏證人指證的情況下，即使已取得承包工程公司參與圍標活動的準確資料，一樣無法將其繩之以法。」

「圍標也是我們一直頭痛的事。」

我略提了兩句，他已滔滔不絕的講述了一些他遇到過的事情，剛巧旁邊坐着的兩名朋友，一位是屋苑業主法團的委員，一位是大廈業主法團的副主席，兩人也加入討論，説出各自在樓宇維修時面對的痛苦與無奈。

「我認為只要政府肯做，可以立法把『圍標』變成為『違反公平競爭』的行為。如果有警方的參與，則可對於 false accounting（偽造賬目）及 fraud（詐騙）的案件有遏制作用。如能制訂黑名單制度，則效果更佳。」

「廉署可聯合幾個政府部門，出版『樓宇維修的指引』，向市民推介如何保障自己的方法，甚至可包括一些基本裝修項目的 sampling charges（參考價），當然那是要定期 update（更新）的。」

這時另外一位知名地產發展商的高層也上前加入討論。

「我建議應該有懲處的機制。有嚴重違規及多次被投訴公司應列入黑名單。所有被列入黑名單的承包工程公司，都不可再在屋宇署、房屋署、市建局等的公營機構和政府工程中投標。」

10.12 宏觀治理維修貪污

這天，副處長通知我去他的房間。

「李 Sir，你找我嗎？」

「Ricky，新廉政專員已到任一段時間。她想徵調你到她那兒辦點事。你有三天時間寫 HO Notes（交接公文）和處理好手頭上的工作。你聯絡她的助理，約定在下星期一的下午直接向

她報到。」

「向她報到？」

「是，你日後將會直接由她指派工作，你報到之後便會知道詳情了。」

那是一個星期一的下午，我和專員的助理約好了在 2 時半到她的辦公室見面。她是一位出色的女 AO（政務官），被任命為廉政專員已經快一個月。我剛坐下，專員便取來兩張 A4 紙給我看，上面是密密麻麻的英文。

「Ricky，昨天是星期日，大家都放假，但我卻在家裏想了又想，準備了兩張紙，上面全是你的 List of Tasks（工作表）。」

「我的工作範圍好像都是與大廈維修有關。」

「對。你知道近幾年廉署接到的投訴之中，與大廈維修相關的比重是多少嗎？」

「約超過四成！」

「特首在任命後跟我說，希望我在任內可以做點事。從執行處資料顯示，你是近年來，帶領同事調查這類案件最長時間的人。」

「對，但案件多數是較小型的。大金額的不多，破案率亦不高，因為──」

「你不需要現在告訴我。廉署一向給我的印象是很不錯的，沒有破不了的案件。至於未能好好根治這個問題，必定有其他原因。所以，我要你一併找出，包括法律上不足之處、制度上的缺陷等等，還要建議將來的工作方針和策略。」

「我的專業是調查工作，對於建議將來的方針和策略──」

「你有半年的時間做研究及建議廉署應該如何面對這項挑

戰，並直接向我交代工作。你不是一個人，你可以找 DCP（防止貪污處處長）協助，我會指示他委派最優秀的人員，全力支援你的研究和分析，執行處可提供案件中的資料讓你掌握更多數據，還可以有一名行政助理和一名秘書協助你日常的工作。」

　　我的研究工作非常順利，防止貪污處的協助也十分到位。從資料顯示，市民對於廉署非常信任，投訴人往往感覺到有不公平公正的情況，基於信賴廉署能主持公道，所以前來投訴。也有不少業主因為相信廉署並且欲借助廉署的公平形像，而邀請我們的社區關係處派員出席他們維修工程中「開標」的工作。

　　我的研究報告指出了過去的問題，並列舉了當前大維修機制下可能出現的漏洞對業主們的不公平。報告中提出了多項建議，認為應該有懲罰制度，以使廉署的調查工作更奏效，也包括了一些修訂法律的建議和宣傳上的配合。我亦建議可與屋宇署、房屋署、市區重建局、消防處及警務處等作跨部門合作，一起向業主法團提供服務。並應該有系統地宣傳有關的法律常識，讓業主們更懂得如何利用法律保障自己的權益。

　　經過了幾次修訂之後，我的報告應該可以呈交了。那天我自動請求見專員，並簡介了內容的撮要，她也問了好幾個問題，使我感覺到她對這範疇的認識也相當之深入。

　　「你的檢討已經包括了我的所有要求。看來我沒有找錯人。我會詳細地看看這份報告。我曾經和執行處首長說，在你完成報告後，成立一個跨部門特遣隊，繼續執行報告的內容。我知道你快退休了，你要有心理準備，屆時極有可能延長你的聘任期。」

　　「我沒有問題。」

一星期後她再約我面談。

「Ricky，我詳細地看完了，你的報告非常好！Excellent！我對你的工作表現很滿意。建議中絕大部分可實行。只是修改法律可能要較長的時間。」

「那下一步應該如何？」

「暫時沒有下一步！」

我的腦中「嗡」的一聲，心想，妳是專員啊，別開玩笑好嗎？妳知道我花了多少心血才能完成這份報告嗎？

專員話鋒一轉：「由於私人理由，我打算辭職。」

我一愣：「………決定了嗎？都已經安排了新專員接任了？」

「外間雖然仍未知悉，但一切已安排好。有新專員會來接任，我也告訴了他有關這份報告。很可惜，他說他與特首的商議中沒有包括這個項目。我會保留着你這份珍貴的報告。」

「那我甚麼時候返回執行處？是妳離任那天嗎？」

「不是。我已經和執行處首長商議過。他說由於我最初的計劃是在你完成報告後，會繼續執行報告的內容，還說在你踏入退休年齡時，會延長你的聘任期，所以他已經找人補上了你的位置了。我知道你在經濟上也沒啥問題，兩位千金也出來謀生了，不如提早退休吧！」

我的腦中又再次「呼」的一聲。我沒有再說話，只有專員一個人在滔滔不絕，現在回想起來，她當時還說了些甚麼，我是連一個字都記不起來了。甚至當時自己的腦海中在想些甚麼，我也再記不清了。我只知道那個下午我坐在辦公室，記不清喝了幾杯咖啡，不知道甚麼時候回到家。好像有吃晚飯吧？不過很早很早便睡了。

我是一個樂天派，到了第二天早上，我已經又充滿活力地

回到總部。

我在職員會所餐廳吃早餐時遇上 ADA。

ADA 語重深長：「我知道執行處真的是沒有位置了。不可能無緣無故把升了職的人降回原職讓出位置吧。」

「這個我也明白。」

「你有沒有想過其他部門？」

「我知道社區關係處缺人，但我不太懂得做宣傳的工作，而他們招聘的是前線人員，也不是我這個級別的。」

「你沒聽說防止貪污處剛有一位首席同事升了做助理處長嗎？其原來的位置現在由一名總主任 acting（署理），DCP 正在找尋一位合適的人選。當然，你有意的話，需要自己向防止貪污處申請，正式內部傳閱文件今天下午會發出，你自己琢磨琢磨吧！」

臨離去時，他還唸了一句王維的詩鼓勵我：「行到水窮處，坐看雲起時！Ricky，考慮一下吧！」

我考慮了一個下午，拿着那頁 circular（傳閱文件）看了又看。

我前往會面時，由 DCP（防止貪污處處長）會見。

「Ricky，我認識你已經幾十年了，你的能力和工作態度無庸置疑，最近你做《大廈維修的貪污問題研究報告》，我更清楚你的能力。專員曾經大力嘉許你的工作表現。你願意來幫助我，真是求之不得啊！我在此歡迎你加入防止貪污處。」

我在廉署的最後兩年多時間，就是在防止貪污處服務。因為當上防貪的專職，我也代表廉署應邀到警務處，在一些為高級警官而設的課堂上授課，講述多年來涉及警務處的重要案件和防範之法。也前往一些公共機構授課，講解《防止賄賂條例》

的內容，主要還是分享我的查案經驗，以及講述案件中暴露了哪些工作程序上的漏洞。我也出席了不少有關樓宇維修的講座和研討會，分享我的經驗，所以每次講座的提問時段都相當熱鬧。

10.13 退下火線

當我退休時，領事之中較為相熟的二十多人，聯同包括名譽領事、商界朋友，藉此機會邀請我到廣東省某市旅遊，說是慶賀我從廉署榮休。但我堅持自己付費。我們住進一所別墅式的休閒酒店。

飯後我們繼續閒聊，也談及廉署工作的種種困難，大家都很欣賞廉署調查員「鍥而不捨」的精神。

「Ricky，還記得我嗎？」

「當然記得，你是陳領事。」

「有件事情要請你幫忙。」

「別客氣，甚麼事情？」

「你知道，我是非洲坦桑尼亞的名譽領事。隨着近年來坦桑尼亞與亞洲各國的商業活動一直增加，我這名譽領事已經比以前忙多了。我們也經常遇到不少這樣那樣的法律和文件上的問題。」

「我可以介紹一位相熟的律師給你啊！」

「其實我自己也認識一些相熟的律師，有些工作很簡單，請一位『師爺』（律師事務所的職員）幫忙已可。但有時候卻要用到訴訟律師，甚至要親自上法庭。」

「沒錯，看是甚麼案子。」

「所以，我的意思是誠意邀請你加入坦桑尼亞（香港／澳門）領事館為法律顧問。我連聘書及聘用狀都帶來了。」

他隨即展示了聘書和聘用狀，在眾人的簇擁之下，我和陳領事拍了很多照片。

其後我一直擔任領事館的法律顧問十多年，至 2019 年感到精力有點跟不上，希望能有更充裕的休息時間故而呈辭。

我亦獲邀出任了一些私人機構、業主法團及慈善團體的法律顧問，包括義務性質的。

有同事得悉之後贈了我一句：「不羞老圃秋容淡，且看黃花晚節香。」

我回應說：「我相信絕大多數曾於廉署服務了三數十年的同事都有此能力。這都是得益於廉署的持續不斷、高強度的專業培訓。我現在把所學所識，回饋社會而已。」

在這幾十年的廉署調查員生涯中，前三分之一的時間是極度繁忙、危險、多姿多采的，晉升速度也極快。因為忙碌，時間好像在不知不覺中便消逝了，以至於兩個女兒是如何長大的，都沒有太多時間去留意。

當女兒結婚時，需要一些照片製作「成長片段」，才驚覺為甚麼照片數量那麼少，甚至幾乎找不到我跟她們的合照。

其後三份之二的時間，工作上仍然是滿意的。看着下屬一個個成長和升職，也是樂事。

我和廉署內各個部門的同事都熟悉，也經常出席各自的家庭聚會。一天，我和一位社區關係處第一代的廉政先鋒交談。他說加入了廉署可用四字形容，乃是「今生無悔」！他把自己說成是一名超級銷售員。

「你 sell 甚麼？」

坦桑尼亞 領事館
Consulate of the United Republic of Tanzania
Unit B1, 6/F, Friends' House, 6C Carnarvon Road, TST, Kowloon, Hong Kong SAR.
Tel (852) 2311 8828 Fax : (852) 2723 0483
E-mail : tanzania@jkingdom.com.hk Website : tanzania.go.tz

1st May, 2012

It is to confirm that Mr HUI Kar-man, IMS, a British citizen, holder of Hong Kong Identity Card number E2   , has been employed by Consulate of the United Republic of Tanzania, Hong Kong SAR and Macao SAR (hereafter refers as the Consulate) as a Special Assistant to the Consulate with effect from 1st June, 2012.

Main Duties : -

(a) To accompany the Honorary Consul of the Consulate to conduct regular prison visits to Tanzanian nationals in HKSAR and Macao SAR;

(b) To accompany the Honorary Consul of the Consulate to attend official functions & Courtesy Visits to Principal Officials in HKSAR and Macao SAR;

(c) To accompany the Honorary Consul of the Consulate to attend regular meetings held by the Association of Honorary Consuls in HKSAR and Macao SAR;

(d) To organize farewell / welcome parties on behalf of the Honorary Consul of the Consulate for departing / reporting Consul Generals and Consuls of Consular posts in HKSAR;

(e) To provide risk assessments on potential dealings relating to the Consulate; and

(f) To carry out any tasks relating to the Consulate as directed by the Honorary Consul.

Working Hours:

Mr. HUI works five days a week, from Monday to Friday, from 10:00 a.m. to 6:00 p.m.

Leave

Mr. HUI is entitled to have an annual leave of 15 days.

Remuneration

The Consulate will pay all expenses incurred by Mr. HUI, his wife and two daughters for a holiday trip per year up to two weeks to any country at Mr HUI's choice. This includes first class round trip air tickets and five star hotel accommodation.

Clement Chan
Honorary Consul of Tanzania
To HKSAR & Macao SAR

「Honesty and Integrity（誠實與正直）！」

「噢⋯⋯」

「我在一個講求現實及『效率至上』的社會裏，推廣『道德』，是不是有點逆天而行？」

「這就是『靜默的革命』！移風易俗，說時容易做時難啊！」

經過了幾十年的廉政工作，我覺得調查、預防與宣傳教育三個部門同樣重要。最重要的是我們擁有一個「無敵」的團隊，有 heart（用心做事），也有 passion（熱忱）。

退休之後我加入了「廉政公署退休人員協會」，共當了八年主席，繼續為退休的同事服務。我們也透過一個「聯席會議」的平台，與各紀律部隊的退休會作互動。

「廉政公署退休人員協會」的成員之中，有不少仍在各大機構主持講座，介紹廉署的工作，繼續在社會上發熱發光！

疾風知勁草

板蕩識誠臣

——唐·李世民《贈蕭瑀》

☑ Disciplined Services（紀律部隊）是指受到特別紀律約束的部隊（部門），負責維持香港內部安全、社會秩序、救災扶危及各項執法工作。

☑ 香港的紀律部隊包括：警務處、入境處、海關、懲教署、消防處、政府飛行服務隊和廉政公署，總計七支正規紀律部隊，兩支輔助紀律部隊。

☑ 各紀律部隊可獨立招募和訓練職員。其薪酬及服務條件由獨立的委員會評議。除文職或行政人員之外，所有職員均需要穿着制服。廉署人員則有部分需要穿着制服，如出勤的火槍隊員、Detention Center（羈留中心）的職員等。

☑ 紀律部隊大約有 63,000 餘名人員，佔香港公務員的 1/3。

香港最後一任港督彭定康（Christopher Francis Patten）接見許家民

2000年，時任特首董建華頒發廉政公署榮譽獎章給許家民

香港特別行政區第二任行政
長官曾蔭權與許家民握手

許家民自初中開始
習武，受用終身

左二為香港前政務司司長
陳方安生，右三是許家民

然後

———

在多年前的一次臥底行動之後，因為我的一再堅持，在我臨退休之前，公署成立了一個 Review Committee（檢討委員會）研究臥底工作、其成效、面對的法律問題、對人員的要求、培訓、支援及事後的心理輔導等等。

時至今日，派出臥底人員之前，有關同事要經過 Aptitude Test（傾向測驗）以測試他是否合適；臥底工作結束後，臥底人員也要做心理測驗，這個測驗由一名香港大學資深臨床心理學家帶領小隊制定。視乎測驗結果，廉署在需要時會向臥底人員提供心理輔導。

回顧一生，始終慶幸自己加入廉署，並結識了一眾同共進退的戰友。在本書提及的臥底人員中，阿牛患上血癌，醫治多年後終於離世；阿松因為心臟病突發，坐在家中看電視時，在睡夢中離開了。老鬼陳因難以克服肺癌帶來的劇痛，跳樓自盡；driver 莫因心臟病而離世。炮艇也身染危疾，已經過身。

我的太太亦於數月前因癌病逝世，未及閱讀我這本書。

	隊員	首次臥底身份	升至	現況
1	「小黃」 黃榮成 Leo Wong	道友	SI	移民
2	「老鬼陳」 陳正義	道友	I	癌症、逝
3	「Stephen」 溫志輝 Stephen Wan	道友	PI	退休
4	「炮艇」 鄧成斌 William Tang	黑社會大佬	I	離職、逝
5	「阿牛」 彭漢超 Tony Pang	金融期貨高管	CI	癌症、逝

	隊員	首次臥底身份	升至	現況
6	「霍爺」 霍煜笙 Patrick Fok	海味生意老闆	SI	退休
7	「亞松」 張松達 Anthony Cheung	旅行社老闆	CI	心臟病、逝
8	「Driver 莫」 莫時富	開車房	I	心臟病、逝
9	「Marco」 麥守法 Marco Sousa	餐廳老闆	SI	退休
10	「Ricky 仔」 李力祺 Ricky Lee	電腦生意人	I	辭職

（仍在世者皆以假名代替，如有雷同，實屬巧合。）

PI = Principal Investigator（首席調查主任）

CI = Chief Investigator（總調查主任）

SI = Senior Investigator（高級調查主任）

I　= Investigator（調查主任）

　　謹以此書，向一眾曾經為了建設廉潔的香港社會而奮不顧身的同事，致上最崇高的敬意。

我為廉署當臥底的日子

許家民 口述
周興業 改編及撰寫

責任編輯
郭子晴

裝幀設計
Kenji、
Sands Design Workshop

排版
陳美連

印務
劉漢舉

出版
中華書局（香港）有限公司
香港北角英皇道 499 號北角工業大廈 1 樓 B
電話：（852）2137 2338
傳真：（852）2713 8202
電子郵件：info@chunghwabook.com.hk
網址：http://www.chunghwabook.com.hk

發行
香港聯合書刊物流有限公司
香港新界荃灣德士古道 220-248 號
荃灣工業中心 16 樓
電話：（852）2150 2100
傳真：（852）2407 3062
電子郵件：info@suplogistics.com.hk

版次
2022 年 7 月初版
2024 年 3 月第四次印刷
©2022 2024 中華書局（香港）有限公司

規格
16 開（210mm×152mm）

ISBN
978-988-8807-71-0